Sonya
ソーニャ文庫

緊縛の檻

泉野ジュール

JN207921

イースト・プレス

contents

プロローグ　出逢う

　歴史を紐解けば、数百年前の昔から続いていると言われる国営高級娼館《アフロディーテ》は、今宵、ひときわ艶《あで》やかな室内装飾と多くの招待客、そして見目麗しい妖艶な娼婦たち《ミューズ》で溢《あふ》れ返っていた。

　古くは王族の後宮だったものを、臣下も利用できるよう開放したのがことのはじまりとされる高級娼館《アフロディーテ》は、現在でも、最高の権力と強大な富を持つ者しか入館を許されない享楽の館だ。

　天井から吊るされた漆黒の長いカーテンの端を、まるで命綱のように必死で握りしめたマリオンは、どうにかして震えを止めたくて《アフロディーテ》以外のことを考えようと努めた。

（お母さま……。そう、これはお母さまのためなの。わたしに高値がつけば借金を返すことができる。そうすれば、お母さまはあの非道なベルモンド伯爵に奪われなくてすむのだから……耐えるのよ、マリオン！）

マリオンが控えている舞台袖からは、《アフロディーテ》恒例の、年に二度だけ行われる大オークションが展開されている光景が見えた。マリオンの前に、すでに三人の《ミューズ》が競《せ》りにかけられ、驚くほど高額の取り引きが行われた。

それはまだ続いている。

「ご覧ください、この見事な黒髪！　豊満で成熟した体に、口づけのために生まれてきたかのようなぽってりとした唇……彼女は心ゆくまで貴殿に尽くしますわ。快楽の三週間をお約束いたします……！」

舞台上で張り上げられる《アフロディーテ》のマダムの甲高い声が、マリオンの鼓膜《こまく》を震わせる。

かつては舞踏会場だったらしい大きな広間に設けられた黒の壇上には、マダムが約束した通りの黒髪の美女が、ほとんどなにも身につけずに頭上のシャンデリアに照らし出されていた。

競りの参加者が集う客席は広かったが薄暗く、マリオンのいる場所からはその顔ぶれをうかがうことはできない。

でも、きっと、あの中のひとりがもうすぐマリオンを買う。

ぶるっと底冷えがしたのは、あの壇上の美女のように、マリオンもほとんどなにも身につけていなかったからだけではない。

「千四百……千四百五十……千五百ルビー！　千五百ルビーがそちらの紳士から出ましたわ！　千五百ルビー以上にかけるお目の高い紳士はいらっしゃいますかしら！」

マダムのかけ声に合わせるかのように、黒髪の美女は腰をくねらせ、片手を頭の後ろへ持っていく誘惑のポーズを取った。

ああ……マリオンも、あんなことをしなければならないのだろうか？

「では千五百ルビーにて落札！　三週間、この美しい《ミューズ》を手に入れた幸運な紳士に拍手を！」

なにがそんなにめでたいのか、競りが高額になると最後に客席から拍手が巻き起こる。会場の空気を割るような盛大な拍手と共に、黒髪の美女は舞台裏へ引き、彼女を競り落とした紳士とやらはいそいそと出納係へとおもむく。そこで小切手を切るのだ。

千五百ルビーの小切手を。

喉から手が出てきそうなほど、マリオンが欲しい金額だった。

優しくて堅実だったはずの父が、多大な借金を残して亡くなってからすでに二年が過ぎた。お嬢さま育ちで世間知らずなお人好しの母と、母に比べればしっかり者だが、それでも女ひとりで世を渡るには経験の足りないマリオンは、たったふたりで火の車の家計を支えなければならなくなった。

それでも家財を切り売りし、使用人の数をうんと減らして、最初の一年はなんとかしのいできた。

そこに現れたのがあのおぞましいベルモンド伯爵だ。マリオンの母・マーガレットに父の生前から横恋慕していたこの青白い太った伯爵は、女ふたりとなったキャンベル家の債権者に裏から働きかけ、マーガレットを差し出せと脅してきた。

母マーガレットをベルモンド伯爵の愛人として差し出すか。路頭に迷うか。今すぐ借金を全額返済するか。選択肢は三つ。

マリオンは最後を選んだ。でも……どうやって？

答えはひとつしかなかった。

「では、お次の《ミューズ》をご紹介しますわ、皆さま！　この娘は本当に類を見ない純粋な美しさを持っていますの。良家の出身で、これがはじめての《アフロディーテ》での夜になります。おわかりですか？　この競売の勝利者は、三週間の享楽だけでなく、この娘の純潔をお買いになるのです！」

三週間の、享楽。

それが高級娼館《アフロディーテ》の誇る、年二回のオークションの謳《うた》い文句だった。もとから選ばれた高級娼婦である《ミューズ》の中から、さらに厳選された特上の

《ミューズ》だけを、三週間の長きにおいて勝利者の欲望のままにできるというものだった。

　その三週間、《アフロディーテ》では大人のためのさまざまな娯楽が提供されるという。

無垢なマリオンにはまだ未知な世界だ。

　でも、もうすぐマリオンは無垢ではなくなる。

「さあ、どうぞご覧ください！　ひと目見たら必ず欲しくなる娘だと保証いたしますわ！」

　ついに、この薄暗い舞台袖を離れなければならない時が来た。

　マリオンはなんとか震える足を動かそうとした。さっきの黒髪の美女のように、舞台の中央に上がって、参加者たちがこぞって大金を入札したくなるような色っぽいパフォーマンスをしなければならない。

（お母さま……。ええ、お母さまのため……！）

　溢れそうになる涙をのみ込み、毅然と顔を上げる。

　壇上のシャンデリアが、夏の虫を誘う火のように薄暗い会場に浮かんでいて、マリオンはそれを頼りにふらふらと進んだ。緊張のせいで耳鳴りがして、マリオンの登場と同時に男たちから湧き上がったどよめきは、ほとんど聞こえなかった。

「いらっしゃい、マリオン。堂々とするのよ。あなたは今夜の花だわ」

　観客には聞こえないような抑えた声で、舞台の端にいるマダムがマリオンに向かってささやいた。

花……。マリオンは呆然とその言葉の意味を考えた。

マリオンが花だとすれば、この会場にいる男たちはその花に群がり、甘やかな蜜を吸い尽くそうとする毒と針を持った蜂……。

寒くもないのに背が震え、マリオンは怯《おび》えた。そして改めて、自分がなんと不埒《ふらち》な姿をしているのかに気がついて、その場に崩れてしまいそうになった。

たった一枚だけの透けたシュミーズ姿。

まろやかなマリオンの体の線はすべて男たちの目に晒《さら》されていた。桃色に色づいた胸の頂、そして股間にひっそりと茂った神秘の森までが、シャンデリアの光に照らされて壇上に浮かんでいる。

まだ誰にも触れられていないのに、千の手がマリオンの肌をまさぐっているように感じて、呼吸が荒くなっていった。

「さあ、競りをはじめましょう！　開始額は千ルビー！　この麗しき乙女を手に入れる紳士はどなたかしら！」

ついに競りがはじまってしまうと、マリオンは半分パニックに陥り、逃げることさえ考えはじめた。もしこの場から駆け出してしまえば、どうなるだろう？

裸足で。この裸同然の姿で。債権者が手ぐすねを引いて待つ、家財のなくなったからっぽの家へ。

——ひと月もしないうちに母娘で路頭に迷うのが関の山だ。

「千二百五十ルビー！　千五百ルビー！　千七百五十ルビー……！　素晴らしい決断ですわ、ムッシュー。次は二千ルビーです。二千ルビーにかける殿方はいらっしゃいますかしら？」

マダムの声が伝える金額に驚いて、マリオンはハッと顔を上げた。二千ルビー？

「二千ルビー！　ありがとうございます！　さあ、次は二千二百五十ルビーになります……ええ、そちらの紳士から二千二百五十ルビーが出ましたわ！　では二千五百ルビーに移ります。かける方は……」

マリオンはポーズを取ることも忘れて、壇上の端で興奮気味に競売用のハンマーを振っているマダムを食い入るように見つめた。二千五百ルビー？

緊張のせいで幻聴を聞いているのだろうか？

呆然としているうちに競りの金額は上がり続け、三千ルビーの声が聞こえるにいたって、マリオンは答えを求めるように客席へ視線を向けた。客席は薄暗く、なんとか人影はわかるものの、顔までは見えなかった。

ただ、どうも最前列の客と、会場入り口付近の壇上から最も離れた場所にいる客のふたりの間で競りが白熱しているようだった。

「三千五百ルビー……！　ムッシュー、どういたしますか？」

ここまでくると、さすがのマダムでさえも、そろそろやめておいた方がいいのではないかと言いたげな口調で最前列の客に問いかけた。多分、マダムはある程度、客の懐事情を把握しているのだ。

その時だった。会場を震わせるような男らしい低い声が、入り口付近に立っている男から響いた。

「五千ルビー」

その声は魔法のようで、よく通るのに、つい耳をそばだたせたくなるような低音の落ち着いた声色だった。会場だけでなく、ずっと熱弁をふるっていたマダムまでもが、一瞬の沈黙に落ちる。

そして大きなざわめきが波のように広がっていった。

「ご、五千ルビー！　五千ルビーが後ろの紳士から出ましたわ！　それ以上にかける方はいらっしゃいますか！」

もちろん、そんな大金をひとりの小娘と三週間過ごすためだけに使える人間は他にいなかった。ずっと対抗していた最前列の男も黙り込み、マダムはクルミ材でできた板に競売用のハンマーを豪快に打ちつける。

カンカーン、という小気味のいい音が四方に広がった。

「では、五千ルビーで落札ですわ！　この乙女と過ごす三週間の享楽は、最後尾の紳士に五千ルビー！　皆さま、拍手を！」

拍手はたしかに湧いたのだろう、と思う。しかしマリオンの耳には届かなかった。

五千ルビー……。そんな、小さな家を建てることができそうな値段を、マリオンと三週間過ごすためだけに払える男がいるなんて……。

マリオンは啞然《あぜん》と薄闇の先に目を凝《こ》らした。

最後尾の、入り口のそばに立つその男の顔を見てみたかった。見えるのは背の高い影だけで、顔立ちも表情もわからない。でも彼は座っている他の客とは違い、立っていた。暗闇でもわかる、その長身と、まっすぐに伸びた男らしい姿勢。

見えたのはそれだけだった。

それからすぐに次のオークションがはじまり、マリオンは再び舞台の袖に引っ込まなければならなかったから、彼がどんな行動を取ったのかはわからない。

ただマリオンはすぐに奥へ呼ばれ、厳しく訓練された寡黙な《アフロディーテ》の女中たちに丹念に湯浴みをされ、薄い絹のシュミーズを着せられて、これから三週間を過ごすことになる豪華な客室へと導かれた。

真紅のベルベットの絨毯が贅沢に敷かれた、官能的な薄暗さの廊下を早足で進みながら、アレクサンダーは自分が犯した過ちの大きさを再認識していた。どれだけ美しくても、どれだけ金を払っても、あれはアレクサンダーが抱いていい種類の女ではない、と。

あれは一時の気の迷いだったと取り消せばよかったものを、アレクサンダーはすでに金を支払い、はやる鼓動を持て余しながら、あの少女の待つ場所へ向かっている。

アレクサンダー・アヴェンツェフの長い足は、すぐに指定された客室の前へ辿り着いた。客室の入り口には縁飾りを施されたマホガニー材の扉があって、金鍍金《きんめっき》の鍵穴が、鍵の主を誘うように輝いている。

上着のポケットに忍ばせてあった鍵に手を触れながら、アレクサンダーは短く息を吸った。

やめるなら今だ。逃げるなら今しかない。

そう思うと同時に、逃げるなどという発想が自分の脳裏を横切ったことに、大きな驚きと戸惑いを感じた。

アレクサンダーは今年三十歳になった、神をも畏れぬ躍進的で果敢な若手実業家として知られている。彼を恐れる者や羨む者、嫌悪する者は多かった。しかし、アレクサンダーが、ひとりの小娘を前に逃亡を考えるような男だと思う者はいないだろう。もちろん……本当のアレクサンダーの心を知る人間など、この世に存在しないのだが。

今夜、アレクサンダーは《アフロディーテ》のオークションに参加するつもりなど、露ほどもなかった。

年二回しか行われないこの競売で、男たちはこぞって、選ばれた美しい娼婦《ミューズ》と過ごす三週間の快楽の日々のために大金をはたく。正直、アレクサンダーにはそんな暇も時間もなかった。アレクサンダーはただ、ここ数ヵ月で溜まった欲望を解放するために、すでに何度か抱いたことのある馴染《なじ》みの《ミューズ》を一晩だけ買いたかっただけだ。

それが……アレクサンダーは見てしまった。

シャンデリアの明かりの下にぽつねんと立ち尽くす、華奢《きゃしゃ》で、柔らかく、吸い込まれるような水色の瞳と、情熱を思わせるわずかに赤みがかった金髪の乙女を。

なぜあれほどまでに心を打たれたのか、アレクサンダーにはわからなかった。

心を打たれるとか、心を動かされるなどという感情が、自分の中に残っていたことさえ驚きだった。

ただ、あの少女の姿はアレクサンダーの胸に荒い衝撃を与えた。なぜか、彼女を手に入れなければならないような気がした。気がつくとアレクサンダーは競売に参加していた……。彼女を買おうとしている男のひとりに、悪名高いベルモンド伯爵がいるのを見てしまってからは、特に。止められなかった。

（くそ……）

アレクサンダーは鍵穴にすっと鍵をはめ込んだ。滑らかに奥まで届くと、かちりと冷たい音がしたので、アレクサンダーは鍵を回した。

扉が開く。

開けているのはただの扉であるはずなのに、同時に自分の心まで裸にされていくような、真新しい緊張が彼を包んだ。この向こうには彼女がいると思うと、言いようのない興奮に包まれる。喉をせり上がってくる甘い唾をのみ下しながら、アレクサンダーは扉を押して客室に入った。

そこには四支柱式の巨大な寝台があった。

そこには金箔の額縁に飾られた官能的な絵画が壁中に飾られていた。

そこにはありとあらゆる快楽のための道具が用意されていた。

しかしなによりも、そこにはあの乙女がいて、客室中にきらめくさまざまな備品や調度よりも明るく、周囲から浮いて見えた。

「あの……はじめまして。マリオンと申します……」

その時、彼女の名がマリオンだというのを、アレクサンダーははじめて知った。

マリオンは寝台の端に、男心をそそる薄い絹のシュミーズ姿で腰かけている。

細身の上半身に続く、ぽってりとまろやかな腰の線は、まるで選び抜かれた極上の洋梨のような自然の美しさがあった。もしかしたらこの国の男はもっと腰の細い女を好むのかもしれない……しかし、東方に生まれたアレクサンダーにとって、この豊かな腰つきこそが女性の美の象徴だった。

そして張りよく膨らんだ乳房。

その完璧な大きさのふたつの膨らみの頂上に咲く、禁断の果実は鮮やかな桃色だった。途端に、彼女に払ったのが五千ルビーだけだったのが罪に思えてくる。

このような女性には、世界中の富を差し出すべきである……と。

マリオンは急に姿勢を正したと思うと、まるで配下が国王にするような慇懃《いんぎん》さで頭を下げた。

「わ……わたしを選んでくださって、ありがとうございます……。三週間、わたしはあなたのものです……ご満足いただけるよう、ど、努力いたします……」

「顔を上げろ」アレクサンダーは思わず上擦った声を出した。「君が俺に頭を下げる必要はどこにもない。金輪際《こんりんざい》しないでくれ」

驚いて顔を上げたマリオンが、まじまじとアレクサンダーを見つめる。

ふたりの目が合った。

その水色の瞳は大きく、くるりと上を向いた長い睫毛《まつげ》に縁取られていて、見つめると——見つめられると——魂を吸い上げられてしまいそうだった。

くそ、目の前にいるこの生き物はなんだ？　ただの女ではないのか？

胸に込み上げてくるこの感情はなんだ？

わからない。ただ、自分がそのような感情を持つべきではないことだけは、よくわかっていた。

マダムは、マリオンが純潔だと明言していた。顧客の信用をなによりも大切にする《アフロディーテ》のマダムが競売の席でそう言い放ったのだから、本当にそうなのだろう。

アレクサンダーは一歩、客室の中へ足を踏み入れた。

「最初に断言しよう。俺は君を抱かない」

大粒の水色の瞳が見開かれる。信じられないものを見る人間独特のこわばった表情で、アレクサンダーの一挙一動を注視していた。

それでいい……。君のような女性は、俺のような男に注意しなければならない。できるなら今すぐ逃げるべきなのだ。

——俺は彼女を、逃す、べきなのだ。

その考えはなぜかアレクサンダーの胸の深いところをえぐり、鈍い痛みを与えた。

アレクサンダーはいつのまにかマリオンの前まで行き着いていた。間近に立つと、マリオンの肌のきめ細かさに目を奪われずにはいられない。

この肌に粗い縄が複雑にめり込み、自由を奪われた淫らな姿でアレクサンダーの愛撫に震える……。

そんな光景を夢想して、アレクサンダーは息をのんだ。

あってはならないことだ。確かにアレクサンダーは狂った野獣かもしれないが、悪魔ではない。

「どういう意味……ですか？」

シュミーズの襞《ひだ》をキュッと握りながら、マリオンが首をかしげる。

「意味などという無意味なものを説明する必要はない。俺は、君を、抱かない。その事実があるだけだ。君を買ってしまったのは大いなる失敗だったが、今さらなかったことにはできない。《アフロディーテ》のオークションは払い戻しができないようになっているのでね。それに……もし俺がこれから君を手放せば、多くの客が君の純潔に疑問を持つようになるだろう。それは君にとって、あまり歓迎できない状況ではないかな？」

桃色だったマリオンのほおから、さっと血の気が引いて青白くなる。

アレクサンダーは常に冷静な男だったが、冷血なわけではない。マリオンのような娘が未来を案じ、辱《はずかし》めを恐れる姿は、胸に刺さるものがあった。

「そ、それは……」

「だから、俺は君を抱くつもりはない……が、約束の三週間はここで君と過ごさせてもらう。幸い、ここには美味《うま》い食事もある。君たち《ミューズ》には許可されていないだろうが、我々男性は外出することもできるのでね……ゆっくり仕事をするには、いい機会かもしれない」

自分がなにを言っているのか信じられなかった。

この娘を三週間そばに置き、手を触れないでいる？

それでなくてもアレクサンダーは溜まった情念を解放したくて《アフロディーテ》に来たのだ。実際、今この瞬間にも彼のものは凶暴なほど膨れ上がり、トラウザーズの中で鉄のように硬くなっている。おかしなことだった。

普段、アレクサンダーのものは、ある特定の状況に置かれた女にしか反応しないというのに。

ああ。正気の沙汰ではない。

これは生き地獄になる。しかし……。

「で、では……わたしになにか、できることはありますか？　これでも読み書きはできますし、最近は計算も覚えました」

遠慮がちにささやかれたその提案は、アレクサンダーのみぞおちのあたりをくすぐった。

思った通り、マリオンはどこか良家のお嬢さまであって、ただ美しいというだけの理由で《ミューズ》のオークションの花形に担ぎ上げられたわけではないのだ。

彼女は男の夢だ。そしてアレクサンダーもまた、男である。たとえどれだけ歪んだ種類の男であっても。

「もし必要になれば、そういったことも頼もう。でも今のところは、邪魔をしないでくれればそれでいい」

相当の忍耐力でもって、アレクサンダーは戸惑うマリオンから視線を外し、寝台から離れて壁際にある長椅子にどさりと腰かけた。

雑念を追い払いたくて、目を閉じる。

「それから……頼むから、もう少し慎《つつ》ましい服に着替えてくれないか」

はっと息をのんだマリオンが、急いで部屋の端へ逃げる足音が聞こえた。アレクサンダーは目を開かなかった。

なぜか急に、ずっと記憶の奥に封印していた忌まわしい思い出が胸にせり上がってきて、きつく唇を結んだ。

第一幕　戸惑う

背中に定規を当てて育ってきたのではないかと思えるほど、すっとまっすぐに伸びた威厳たっぷりの姿勢に加え、アレクサンダー・アヴェンツェフ……マリオンの三週間を五千ルビーで買った男は、見上げるほど背が高かった。

それだけではない。

彼の髪は魅惑的な漆黒で、彫りの深い、頬骨や額が秀《ひい》でている東方風でエキゾチックな、見惚《みと》れるほどの偉丈夫だった。

《アフロディーテ》の顧客は、身分や裕福さを厳しく審査された者ばかりだというから、とんでもないならず者に買われる心配はしていなかったが、それでもアレクサンダーのような見目麗しい男性が相手になるとは思ってもみなかった。

そして、競売の夜からひと晩明けた今朝。

マリオンは大きな四支柱式寝台で目を覚まし、改めて戸惑いを深めた。

マリオンが寝ていた方と逆の寝台の端には、アレクサンダーがその長身を横たえ、こちらに背を向けて肩までシーツを被《かぶ》っている。

《アフロディーテ》の客室の窓には分厚いカーテンがかけられているから、外の様子はうかがえない。でも、部屋の隅にある振り子時計が朝六時を指していた。昨夜は煌々《こうこう》と灯っていたロウソクも溶けて消え、暖炉の火も頼りないものになっている。

昨夜……アレクサンダーは本当にマリオンを抱かなかったのだ。

彼はただ、マリオンにもっと慎ましい寝間着を着るように命じると、疲れたと言ってそのまま寝台の左の端に潜り込み、マリオンは右の端を使うといいと言い残して、そのまま本当に眠ってしまった。

マリオンはアレクサンダーを起こさないように気をつけながら、ゆっくりと体を起こした。

化粧箪笥《だんす》の中にあったもののうち、最も慎ましやかに思えた寝間着の襟元を無意識にいじる。

借金返済のために体を売ると決意して以来、今日、この朝、マリオンはもう純潔ではなくなるのだろうと覚悟していた。

それが……マリオンは処女のままだ。どういう運命の巡り合わせだろう。

ほとんど眠れなかった長い夜のせいで軋《きし》む首を後ろへ回し、マリオンはそっとアレクサンダーの寝姿を覗《のぞ》き見た。

彼はこちらに背を向けていて、顔は見えない。

でも、昨夜はじめて目を合わせた時の、あの驚きは忘れられない。

ただ美形というだけではない、見る者にハッと息をのませるような迫力と存在感が、彼にはあった。彼の瞳はよくある茶色だったが、その奥には磨き込まれた黄金のような輝きが秘められている気がした。

覗き込まずにはいられない……。求めずにはいられない……そんな光が。

(でも、寝ている姿は……ちょっと無防備ね)

あまり長くはない、綺麗に切り揃えられた黒髪は、何度か寝返りを打ったせいか一部分がはねていた。驚くほどまっすぐだった姿勢もシーツの下ではわずかに丸くなっていて、昨夜ほどの迫力はない。

不思議なひとだ。

とりあえずマリオンは周囲を見回しながら立ち上がり、暖炉の炎とカーテンの後ろから漏れるわずかな光を頼りに、静かに寝台を離れた。

客室は一間だけだったが、かなり広い。壁には絵画がいくつも飾られていたが、その多くはルネッサンス風のエロティックな女性の裸体画だったり、半裸の男女が互いの肉体を触れ合う妖艶な構図だったりした。

目にするだけでも恥じ入ってしまうものもあり、マリオンは慌てて視線を逸らすと、なにか食べられるものはないかと探しはじめた。

すぐに、クリスタルのボウルに盛られた葡萄《ぶどう》や林檎や洋梨の山を見つけて、客室の端にある大きなテーブルに近づく。呼び鈴を鳴らせば使用人が飛んできて食事を用意してくれるのは知っていたが、まだ寝ているアレクサンダーを起こしたくない。

マリオンはみずみずしい葡萄の粒をいくつかもいで、急いで口に入れた。

ボウルの横には冷水で満たされた銀のピッチャーと、ゴブレットも用意されていたので、できるだけ音を立てないようにして喉を潤す。

渇いていた喉が落ち着いて、マリオンはつかのま、ほっと胸を撫で下ろす。すると、急に目に入ってくるものがあった。

果物の置かれていた大きなテーブルの、妙な構造……。そして、クリスタルのボウルの左右に並んだ、たくさんの不思議な道具……。

（これ……は？　なに？　革の紐……？　目隠し？　縄……？）

それは目を奪われる光景だった。

よく見るとそれらの道具は芸術的なくらい正確な等間隔に並べ揃えられていて、誰かが置き忘れたのではなく、なにか深い意義を持ってここに陳列されているのだとわかる。

繊細なレースを施された黒いベルベッドの細布は……多分、目隠しだ。

よくしなりそうな黒い革でできた細紐を何本も繋いだものは、先端に持ち手のようなものがついていて……おそらく、鞭なのだろうとマリオンにも想像できる。

そして、縄。長い長い縄が、まるで蛇のようにとぐろを巻いて鎮座していた。

なぜ？

マリオンは思わず、さっき目を逸らしてしまった絵画へ視線を戻した。そこには、女性の肢体と胸の部分を縄で縛り、その横で欲望に瞳をぎらつかせて立っている男の絵が描かれていて……。

（……っ！）

恐怖におののき、思わず一歩後ろへ下がろうとしたその時、背中が硬いものに当たってマリオンは短い悲鳴を上げた。

それだけではない。いきなり強く肩を摑《つか》まれて、マリオンは動転した。

「やっ、お父さま、助けて……っ！」

「し……っ。誰も君を傷つけようとはしていないよ、マリオン。落ち着くんだ」

「え……」

耳の後ろからけぶるような重厚な声が聞こえて、マリオンはわずかに正気に戻った。完全に後ろを振り返らなくても、アレクサンダーの長身は立っているだけでマリオンに覆い被さるほどだったので、すぐにその姿が見える。

軽い寝癖がついたままの、上着を脱いでシャツだけの姿のアレクサンダーだった。

「ミスター・アヴェンツェフ……。起こしてしまったなら、申し訳ありません。静かにしていたつもりなんですが……」

「別に、君の立てる音で起きたわけじゃないさ」

アレクサンダーはすぐにマリオンの肩を放した。まるで火に触れてしまって、慌てて手を引くような仕草だった。

マリオンはほっとしたが、同時に一抹の寂しさを感じてしまったのも事実だった。

「俺はいつもこの時間には起きる。睡眠時間は短い方でね。それと……俺のことをミスターと呼ぶ必要はないよ」

「まあ。でも……」

マリオンは振り返り、アレクサンダーと向き合ってから、《アフロディーテ》のマダムに教え込まれたいくつかのことを思い出そうとした。

マリオンを買った男性の名前はアレクサンダー・アヴェンツェフ。

とても裕福な実業家であること。彼にはいくつか『独特のたしなみ』があるが、マリオンを傷つけることはないので安心するように……すべて彼の望み通りに尽くすように……との教えだった。

「では、サーですか？　爵位をお持ちだとの話は聞かなくて」

するとと、アレクサンダーは首を反らして乾いた笑いを漏らした。

「いいや、マリオン。俺はサーでも伯爵《ロード》でも公爵《デューク》でもない。ただのアレクサンダーだ。だから、必要ならそう呼ぶように」

「は、はい……」

彼の喋《しゃべ》り方はどちらかといえば穏やかなのに、その声には誰も逆らえない強い響きがあった。加えて、注意してよく聞くと、わずかな東方風のアクセントがある。

思わず合意してしまったはいいが、それはつまり……彼をアレクサンダーと呼び捨てにしろという意味だ。

ほぼ初対面の、それも本来は体を売り買いする関係の男性を、そんなふうに親しく呼ぶのは妙に気恥ずかしくて、マリオンは慌てながら他の話題を探した。

「実は、少しお腹が空いてしまって……こちらの果物をいただいていたんです。あなたもいかがですか？」

ほとんど表情を変えず、アレクサンダーはじっとマリオンを観察している。

その視線は痛いほどだった。こんな言い方が許されるなら、怖いほど、と言っていいくらいだった。しかも彼は微動だにしない。

落ち着かない気持ちになって、マリオンは横を向いた。

するとテーブルの上に載ったさまざまな道具が目に入る。マリオンはぎくりとして、マダムの言っていたアレクサンダーの『独特のたしなみ』という言葉を思い出し、わずかな恐怖を覚えた。

アレクサンダーは……これらの道具を使って女性を抱くのだろうか？

「もう忘れてしまったのなら、もう一度言うが……俺は君を抱こうとは思わない」

「え……」

「君はあまり演技がうまくないようだ。そのテーブルの上に載った品の悪い道具で、俺が君をどうこうするつもりがあるのかどうか、怯えているんだろう。答えは単純で、ひとつだ。俺は君を抱かない。だからその道具を君に使うこともない」

淡々としたアレクサンダーの口調は、まるで仕事のやり取りの話をしているような冷ややかさがあった。

マリオンは昨夜のふたりの会話を思い出し、ほおを赤らめた。

「それは昨夜、うかがいました。あなたはわたしを抱かないって……でも、だったらどうして……」

――わたしを買ったんですか。それも、法外なほどの値段まで払って。

そんな質問が喉まで出かけたが、あけすけすぎる気がして、さすがに言葉にはできなかった。しかしアレクサンダーは難なくマリオンの思考を理解したらしく、ふんと自嘲気味に鼻を鳴らすと、マリオンを見つめる目を細めた。

「あれは間違いだった……それだけだ。俺は大きな間違いを犯した。ただ、誤解のないよう言っておくと、悪いのは君じゃない。俺の問題だ。だからこそ俺は、君を返品して恥をかかせるような真似をするつもりはない。もちろん君が気に病む必要もない。金は支払ったし、三週間後には君は君の取り分を手に入れるはずだ」

現金かもしれないが、マリオンは最後の知らせにホッと胸を撫で下ろした。

とりあえず母と路頭に迷う危険は去ったのかもしれないと思うと、長い間、喉につかえてきたものがなくなったような解放感を覚える。

しかもアレクサンダーはマリオンを抱く気がないという……。つまり、もしかしたらマリオンは借金を返済できる上に、純潔を失わないですむかもしれないのだ。

（もちろん、信じてくださる殿方はいないだろうけど……。少なくとも罪悪感は抱かずにいられるはず……）

マリオンの中で渦巻くそんな感情も、アレクサンダーの細められた目の前には隠せないらしかった。彼の唇が皮肉っぽく歪められる。

「悪い話ではないだろう？　君は、俺のような野獣に抱かれなくてすむ。金は手に入る。さすがに一度《ミューズ》になった女性の純潔を信じる男はいないだろうが、それは《アフロディーテ》に来た時点で覚悟していたはずだ」

心を見透かされて、マリオンは恥じ入りながらもうなずいた。

「わかっています。すべて覚悟の上です。普通の結婚はもう諦めています……。お母さまを守るためにはこうするしかなかったんだもの。ご恩情に感謝します」

軽蔑される覚悟でそう言ったにもかかわらず、アレクサンダーの瞳はマリオンの言葉になにがしかの興味を持ったように光った。

「お母さま？」

「あ……ご、ごめんなさい……。聞かれもしない身の上話はするなと、マダムにきつく言われたんです。これほど殿方に嫌がられるものは他にないって」

「別に嫌ではないさ」

アレクサンダーの口調は淡々としていたが、捕らえた獲物は逃がさない執拗《しつよう》な猟師のような、鋭い視線がマリオンを睨《ね》めつけている。

「母親を守るために体を売ることにしたのかい？」

単刀直入に、アレクサンダーは聞いてきた。

「す、すみません。同情をして欲しくて言ったわけじゃないんです。わたし、隠し事があまり得意じゃなくて……」

「それについては、もうなんとなく気がついているよ」

アレクサンダーは、一度答えを得たいと思ったら、そう簡単に諦めるような男ではないのかもしれない。マリオンの本心を探るような目がいつまでも離れないので、黙っているのは無理だと悟って、ささやくような小さな声で告白した。

「父が……大きな借金を残して亡くなったんです。債権者から今すぐ返済できなければ母を差し出せと言われて……仕方なく……」

「母親を?」アレクサンダーは眉間に皺を寄せた。「君ではなく?」

「母はとても綺麗な人なんです。あなたも、わたしと彼女が並んでいるのを見たら、きっと母の方を選びますよ」

母・マーガレットはマリオンの一番の自慢だった。彼女のことを誰かに話す時、マリオンはいつも誇らしさで声高になってしまう。

案の定、アレクサンダーは疑わしそうに眉を寄せてマリオンを見下ろしていた。

「ごめんなさい。買った女の母親の話なんて、聞きたくないですよね」

「俺が聞いたんだよ。ただし、同意はしかねるがね……」

「え……」

マリオンはまだアレクサンダーのことをほとんどなにも知らない。

ただ、この人の中には穏やかさと激しさが同居していると……一瞬にして氷になることも炎になることもできる二面性があると……なんとなく肌に感じた。

アレクサンダーはしばらくなにも言わずに机の上の道具を暗い瞳で眺めたあと、ゆっくりとマリオンに向き直った。

「ここは娼館ではあるが、一日中寝間着姿でいるわけにはいかないだろう」

突然の指摘に、マリオンは目をしばたたいた。

「ええ、確かに……」

——あなたにわたしを抱く気がないのなら、そうですね。

そう言いかけて、マリオンは慌てて口をつぐんだ。言っていいことと悪いことがある。いくら落ちぶれても、マリオンは良家の子女として教育を受けてきた。

そんなマリオンの動揺も、また、アレクサンダーはお見通しのようだったけれど。

「どうやら俺の買った桃色の仔猫は、ずいぶんと行儀がいいらしい。ただ、その仔猫の仮面の下には、なにが隠されているのかな」

ずっと冷淡だった彼の声が、わずかに温かみを持ったものに変わる。からかわれているのだと気づいたマリオンは、先刻のアレクサンダーを真似て目を細めた。

「どういう意味ですか？」

「深い意味はないよ。君はかなり品行方正に育てられたようだが、その心の中には熱いものがある。そんな気がしただけだ。それに、赤毛は情熱家の印《しるし》だとよく言うしね」

ほのかに赤みがかった、いわゆるストロベリー・ブロンドのマリオンの長い髪を指してアレクサンダーは言った。

「綺麗だ……」

独り言のようにつぶやいて、アレクサンダーはマリオンの髪に手を伸ばした。ゆるいウエーブを描く毛先に指を絡め、その触感を楽しむように軽くいじる。

マリオンの鼓動は一気に速まり、感じたことのない甘い痺《しび》れが背筋を駆け抜けた。

もう一度、「綺麗だ」と繰り返したアレクサンダーは、まぶたを半分伏せた恍惚《こうこつ》とした表情で、指に絡まるマリオンの髪を見ている。

彫りの深い彼の目元は、そうしていると影が差して、長い睫毛が目立った。

「あ、あの……」

尋常でない心臓の高鳴りに戸惑い、マリオンはその場に硬直してアレクサンダーの次の動作を待った。逃げてはいけないと、マリオンたち《ミューズ》は厳しく言い聞かされている。殿方が理不尽な暴力を振るわない限り、彼らの願いはすべて受け入れる……というのが、その教えだった。

それが、享楽の館《アフロディーテ》だ。

いくらマリオンを抱く気はないと宣言しているとはいえ、アレクサンダーはマリオンを買った男だ。マダムの教えには従わなくてはいけない。

緊張のまま数秒……もしかしたら数分……が過ぎて、マリオンはついに熱に浮かされたようにアレクサンダーの輪郭に見入った。彼は本当に綺麗な男性だった。

もしかしたら、綺麗などと言っては語弊があるかもしれない。彼のすべては男性そのものので、女っぽさは欠片《かけら》もない。長身で、シャツの上からでもわかる肉体は骨格からして秀でていたし、その肩幅の広さといったらマリオンの倍はありそうだった。

そして全身から香り立つような大人の男の色気……。

彼に見惚れるのと同時に、マリオンの疑問はさらに深くなった。どう考えても、アレクサンダーのような男性がわざわざ大金をはたいて娼婦を買う必要などないはずだ。たとえ相手が、国中の男が熱望するという《アフロディーテ》の《ミューズ》であっても。

「悪いが、君の疑問は筒抜けだよ」

アレクサンダーは薄い笑みを口元に浮かべて指摘した。

「わ、わたしはなにも言ってませんけど……」

「わざわざ言葉にしなくても、君のその大きな瞳は、唇以上に雄弁に君の感情を叫んでいる。多分、俺が思わず君を買ってしまった理由も、それなんだろう」

マリオンの髪から手を離し、アレクサンダーは一歩後ろに下がった。

「あの壇上で、君の瞳は必死になにかを叫んでいた。俺はそれを無視できなかった。おそらくそれが、今の面倒な状況の原因なんだ」

面倒な状況……その言葉に傷つく自分がいるのを、マリオンははっきり自覚した。マリオンにとってアレクサンダーの存在は救いだったが、アレクサンダーにとってのマリオンはそうではない、ということだ。

アレクサンダーの動きに合わせてマリオンも一歩後ろへ引き、視線を足元に落として小さくうなずいた。

アレクサンダーは穏やかに続けた。

「落ち込むことはないさ。俺が君を抱くつもりがないことに、天に感謝した方がいい。そして君はその理由を知る必要はないし、知らない方が身のためだ」

そう告げるとアレクサンダーはマリオンから離れて、寝台の近くにある椅子の背もたれにかかっていた黒い上着を手にした。マリオンはそろそろと顔を上げて、アレクサンダーの一挙一動を見つめた。

アレクサンダー・アヴェンツェフは猫科の猛獣を思わせる滑らかにして豪快な動きで、上等の仕立てである上着を颯爽《さっそう》と羽織った。その動きは男らしさと優美さに溢れていて、惹《ひ》かれないでいるのは難しかった。

――だめよ、マリオン。あなたは《ミューズ》で、彼は客なの。こんなふうに胸をときめかせても、最後は傷つくだけ。

体の横でぎゅっと拳を握って、マリオンは強く自分にそう言い聞かせた。

淡かった朝日の光は、いつのまにか清々《すがすが》しい春晴れを思わせる明るいきらめきを放ち、部屋の中を照らしている。

男女の享楽のためだけに存在する、この部屋を。

でもここで、マリオンが女になることはない……。

アレクサンダーはマリオンに背を向けたまま、彼女の目を見ようとはしなかった。

「さっきも言った通り、君はいつまでも寝間着のままでいるわけにはいかない。あまり慎みのある服がここにあるとも思えないからな……君のための新しい服をいくつか注文しよう。それから、まともな朝食も」

マリオンはうなずくことしかできなかった。アレクサンダーは客室内を見回し、それからぴたりと寝台に視線を固定した。

「そのためには、まず、マダムに君のことを疑わせないようにしなくては」

「え？」

意味が汲み取れず瞳をまたたくマリオンの前を大股で横切ったアレクサンダーは、テーブルの上に乗っていたフルーツ・ナイフを手にした。短くも鋭利な刃が銀の輝きを放つ。

「な、なにをなさるんですか？」

マリオンの質問が終わらないうちに、アレクサンダーはすでに寝台の横まで来て、そこでナイフを手のひらに当てていた。

乾いた悲鳴が漏れそうになって、急いで両手で口を塞ぐ。アレクサンダーは己の手のひらを切り、そこから流れる血を寝台の真っ白なシーツの上に擦りつけた。

そして、たいして乱れていなかったそのシーツを引き剝がし、散らかすようにわざと乱した。

「君の純潔は失われたことにしてくれ。少なくともこの《アフロディーテ》にいるうちは。それが君の身を守ることにもなる」

アレクサンダーはそっけなく言ったが、この行為がマリオンのための優しさであることくらい、きちんとわかっていた。

抱かれた形跡がなければ、マリオンはマダムに疑われてしまうだろう。マダムとしては、難なく五千ルビーを懐から出せるアレクサンダーのような上客を失うわけにはいかないはずだ……。今後のためにも。

アレクサンダーにはまた、別の《ミューズ》を買う自由があるのだから。

そう考えるとマリオンの目頭はつんとした痛みを訴えはじめた。きっと情けない顔をしている。だからその時、アレクサンダーがマリオンの方を見ようとしないのは、寂しいながらも救いだった。

それから最初の数日は、実に奇妙な新しい生活のリズムができあがり、ふたりは互いの存在にゆっくり慣れていった。

手はじめにアレクサンダーが仕立屋を呼び、好きなドレスをデザインスケッチの中から十着ほど選べと提案すると、マリオンは真っ青とも真っ赤ともいえない妙な顔色になって必死で頭を振った。

「そんなにいただくわけにはいきません！　一着か、せいぜい二着で十分です！」

彼女が、わざと慎ましさを装っているようには見えなかった。マリオンは本気で戸惑い、アレクサンダーからの施しを遠慮していた。

「そもそも、箪笥の中にいくつか着替えがありますし……」

「ああ、確かに。あってもなくても同じような肌の透ける寝間着や、脱がせるためだけにあるような大胆なドレスがね。悪いが、そんなものを着て部屋をうろうろされていると、仕事に集中できないんだ」

多少の厳しさを込めてアレクサンダーが忠告すると、マリオンはしゅんとしてうなずき、渋々ながらもすべてを受け入れた。それだけではない。

一度、仕立屋と交渉をはじめると、マリオンは場慣れした完璧な貴婦人であり、かつ容易な客ではなかった。

結局五着のドレスと二着の寝間着を選んだマリオンは、仕立屋が値段を告げると「おっしゃった素材でその値段は高すぎると思いますわ」と、ピシャリと指摘した。

「しかしこちらは最新のデザインで、刺繍になかなか時間のかかる仕様でして……」

「いいえ、わたしは一番シンプルなタイプを選びました。レースも少ないですし、妥当な値段はだいたい……」

意外なほど理知的にきびきびと、しかし丁寧に話し合いを進めるマリオンの姿は、アレクサンダーにとって新鮮な驚きだった。

彼女は甘やかされただけの世間知らずなお嬢さんでもなければ、人々が娼婦に対して持っている偏見のような、軽はずみで下品なイメージともかけ離れている。

マリオンと仕立屋のやり取りを横で聞いていたアレクサンダーは、唇の端を吊り上げて微笑みに似た表情を作った。

「どうやら君は、わざわざ《アフロディーテ》で春を売るような真似をしなくても、実業家としてビジネスで成功を収められそうな気がしてきたよ」

アレクサンダーの冗談に、マリオンはきっと鋭い視線を向けたが、すぐに真面目な表情になってため息をついた。

「信じてくださるかどうかわかりませんけど、わたしも本気でそう思っています。もし自分が男だったらきちんと働けたのにと、何度悔やんだかわからないもの」

すでに完成していたドレスを一着だけ置いて仕立屋が帰ってしまったあと、アレクサンダーとマリオンはまた客室でふたりきりになった。

アレクサンダーはすでに仕事のための書類や手紙をすべてここに運び込ませていて、

テーブルの上にあった淫らな道具の数々は簞笥の中に隠してしまっている。

なんとかこのまま三週間……皮膚の下にうごめくこの下卑《げび》た欲望を抑えて生活する必要があった。それについて不満に思ってもいいはずなのに、心のどこかで奇妙な高揚を感じている自分がいるのを、アレクサンダーは自覚している。

マリオンは夢のような女性だった。男の夢。

育ちがよく控えめで、それでいて賢く美しい。

アレクサンダーにとって、彼女のようなまっとうで清らかな女性と生きる道は、とっくの昔に捨てた願望だった。諦めた未来。しかしこうして天からマリオンとの三週間を与えられ——たとえ少なくない金額を払ったとはいえ、これは偶然の産物だったのだから——アレクサンダーの心はうずいている。

求めている。

マリオンのような女性を。

いや、マリオンを。

(くそ、予定通り別の《ミューズ》を買うべきだった……。溜まっているんだ。それだけだ……)

アレクサンダーの中には野獣が眠っている。しかし、それは過去の悲劇が作り上げた怪物であって、アレクサンダーそのものではない……はずだ。

道を踏み外すわけにはいかない。

あの特定の方法でしか女性を抱けない限り、アレクサンダーはマリオンのような女性に手を出すべきではない。しかもマリオンの境遇は、まさにことの原因となったアレクサンダーの過去と酷似している。

同じ悲劇を繰り返すわけにはいかなかった。

だからアレクサンダーは己の狂気と欲望を胸の底に押し込めて隠し、マリオンへ惹かれる気持ちを消すことに努めた。

たとえどれだけ難しくても、それが正しいことなのだから……。

第二幕　焦がれる

アレクサンダー・アヴェンツェフという人間がどうして実業家として成功したのか、彼の働きぶりを見ながらマリオンはその理由を理解していった。

彼は一度書類に目を通しはじめると周囲を完全に遮断して、その作業に集中した。驚くような速さでそれらの書類をふたつの山に仕分けし、その一方だけに署名をする。

釈迦に説法という言葉が東洋にあると聞いたが、マリオンはどうしても口を挟まずにはいられない気持ちになった。

「あの……お言葉ですけど、そんなに早く読んでしまって大丈夫なのですか？　契約書の中には、よく読まないと危険なものも多いですよ」

アレクサンダーは顔を上げ、マリオンに視線を向けた。

「どうして君のようなお嬢さんが契約書の危険云々《うんぬん》を知っているのかな？」

馬鹿にされたり呆れられたり、もしかしたら怒られることを覚悟していたのだが、アレクサンダーの瞳に浮かんでいるのは純粋な好奇心のようだった。

「父が亡くなったあと、屋敷の管理や負債の処理を担当したのはわたしだったんです。母はずっと泣き暮らしていましたから……。どちらにしても、彼女はそういったことには不向きな人で」

マリオンは長椅子のひとつに座り、暇潰しに室内装飾のために並べられていた革表紙の本を読んでいたが、それを膝に置いて背を正した。

「最初の頃、家具を売るために呼んだ商人と契約書を交わしました。わたしは愚かにも、ろくに読みもしないでそれに署名してしまったんです。でも実は裏があって、わかりづらい巧妙な文章で、売るつもりではなかった別の家具まで引き渡さなければいけない契約になっていたんです。それもありえないような安値で！」

当時を思い起こすとまた怒りが込み上げてきて、マリオンは両手を宙で握って力説した。

「あの時、思い出の詰まった家具をただ同然の値段で持ち出されるのを眺めながら、心に誓ったんです。契約書は絶対に隅から隅まで読むようにしよう、と」

アレクサンダーはほとんど表情を変えなかったが、白熱するマリオンの説明を黙って聞いていた。

「それで、おせっかいだとはわかっていますけど……ちょっと心配になって。ほとんど読まれていないでしょう？　それとも、あなた以前に下読みをした方がいるの？」

アレクサンダーは目を通していた書類をテーブルの上に戻した。長い人差し指でインクの線が踊る紙の端を叩く。

「確かに、ここに届く前にどうでもいいような手紙を抜いておいてくれる秘書はいるがね、俺はすべてを読んでいるよ。一文字残らず。必ず」

「で、でも、どれもほんの数秒しか見てないわ」

マリオンの戸惑いを見て、アレクサンダーはひょいと広い肩をすくめた。

「俺には昔から特技があってね……。読書や計算にあまり時間がかからないんだ」

よく意味がわからず、マリオンは首をかしげる。アレクサンダーは優雅な動作で椅子の背もたれに背中を当てると、テーブルの上から一枚の新しい書類を持ち上げた。

「試してみるかい？　十秒だけくれ」

そして、アレクサンダーはちょうど十秒間書類をじっと睨み、マリオンの方に紙を差し向けた。不思議に思いながらも立ち上がり、差し出された書類を受け取る。

「さあ、なんでも質問してみてくれ。なんなら全文を暗唱してやってもいいよ」

戸惑いながらもマリオンはその書類に目を通した。とある法律事務所から届いた手紙だった。それなりにびっしりと文字が並んでいて、普通の人間が十秒で読み切れる文字量には見えない。

「じゃあ……この手紙の差出人の名前と、住所は？」

住所まで聞いたのは、一種の皮肉のつもりだった。しかしアレクサンダーは、なんのよどみもなくスラスラと差出人の氏名と住所を、通りの番号まで正確にそらんじた。

「で、では、この手紙にある新しい契約の期間と、それに伴う料金は？」

「期間は今年の五月一日からちょうど一年間で、百五十ルビーを提示しているが、二年契約を結べば二割の割引を示唆している。まぁ、俺は五割まで下げさせるつもりだが」

マリオンは手紙を読み返したが、まったくその通りだった。アレクサンダーの速読術と記憶力は相当のものらしい。

「最後にひとつ。この手紙には一ヵ所だけスペルミスがあります。どこか覚えていますか？」

答えられるはずがない、とマリオンは思っていた。が、アレクサンダーは待ってましたと言わんばかりに愉快げに口の端をゆるめた。

「本文三行目の五番目の単語だ。Lがひとつ足りない。よくある間違いだな」

「すごいわ！　信じられない！」

マリオンは感嘆の声を上げた。

「お褒めいただきありがとう、ミス・マリオン。『すごい』と言われたのははじめてだが。たいていの人間は気味悪く思うらしいからな」

「気味悪く思う？　そんな、まさか、どうしてです？　素晴らしい才能だわ。わたしにもあったらよかったのに」

「人は、自分にできないことができる人間をなかなか受け入れられないものなんだろう。誰もが君のように天真爛漫《てんしんらんまん》ではないということだ」

答えるアレクサンダーの口調は優しい。

マリオンは自分が天真爛漫だと思ったことなどなかった。そういう無邪気な単語は母のような女性に向けられるものであって、マリオンはその陰で現実的な性格をした娘だとずっと言われてきた。多少のわだかまりはあっても、マリオンもそれを受け入れてきた。特に父親が亡くなってからのマリオンは必死で、舞踏会や晩餐会に出ることもできず、持参金もなくなり、すでに婚期を逃していた。

「わたしのことを天真爛漫だなんて言う人もはじめてです。皆、わたしは実際的でしっかり者だと言うんですけど。特に殿方は……」

アレクサンダーは落ち着いた目でじっとマリオンを観察している。どういうわけか、天真爛漫と評されたことが妙に嬉しくて、高揚した気分になっているのを悟られたくないばかりに、マリオンは真面目な顔を作ってアレクサンダーを見つめ返した。

しかし、またしても、アレクサンダーはすべてをお見通しのようだった。

「実際的でしっかり者であることは素晴らしい美徳だ、マリオン。そんなふうに引けめに感じるようなことじゃないさ」

「でも殿方は、女性のそういった素質をあまり好まないものではありませんか？」

「確かにそういう阿呆は少なくないがね」

アレクサンダーは胸の前で両腕を組んだ。そうすると、上着越しにも彼のたくましい上半身の線が浮き彫りになる。マリオンは胸がドキドキするのをなんとかして止めたくて、さらに背筋を伸ばして真面目なふりをした。

アレクサンダーは、すべてお見通しのような、穏やかな笑みを見せた。

「男は威張っていたいだけなんだよ、マリオン。自分の方が賢いと思っていたいんだ。そこに君のような美しくて可憐な娘が現れて、自分より有能らしいとわかると、怖くなって逃げ出そうとする。それでわざと意地悪くそう言ったのだろう。気にすることはないよ。どちらにしても、そんな腰抜けは君には似つかわしくない」

「そうでしょうか……」

「そうさ。保証しよう。少なくとも俺は、頭がからっぽで毛づくろいだけが得意な女より、君のように骨のある女性の方が好みだ」

まるで、マリオンに好意を持っていると暗に示すような言葉だった。マリオンはときめき、赤面したが、同時にひとつの深い疑問が頭をもたげた。

——だったらどうして、あなたはわたしを抱こうとしないの？

「あ、あなたほどの記憶力と頭の良さがあれば、確かに、賢い女性に劣等感を覚える必要はないでしょうね」

苦しまぎれの言葉だったが、アレクサンダーはじっとマリオンに熱い視線を注ぎ続け、なにか真剣に考え込んでいるように見えた。

「そういうことだ」

アレクサンダーは悪びれもせずにそう言い切った。そこに傲慢さはなく、実力と実績に裏打ちされた静かな自信があるだけだ。

ふたりはしばらく、なにも言わずに見つめ合っていた。


その日の夕方、洗面所でマリオンが髪を整えていると、ふたりの客室に来客を告げる鈴が鳴った。

まもなく、アレクサンダーが扉を開ける音がする。

マリオンは急いで髪を梳《す》き終えると、静かに洗面所から顔を出した。

「……そして、こちらが例の支払いの証書です。必要になるかと思いまして持参いたしました。金額はあなたがおっしゃった通りで……」

アレクサンダーよりも少し声高で早口な口調で、焦げ茶色の上着とズボン、眼鏡をかけた背の高い男性が話していた。

　応接用のソファと小さな丸テーブルのある一角で、アレクサンダーはマリオンに背を向け、その男性がマリオンに顔を向けた形で、立ったまま話し合っている。

「こんにちは、お嬢さん。少しの間、アレクサンダーをお借りしています」

　厚い眼鏡のグラス越しににっこりと微笑んだ、焦げ茶のスーツ姿の男性が、マリオンに挨拶した。

　茶色に近い濃い金髪と、それによく似合ったハシバミ色の瞳の、真面目で誠実そうな青年だった。

「いいえ、わたしのことは気になさらないでください。どうぞごゆっくり」

「そして……あなたがミス・キャンベルですね。想像したよりさらに美しいお方だ。アレクサンダーから話を聞いて、どんな女性なのだろうと興味津々だったのですよ」

「え……」

　アレクサンダーは肩越しにマリオンを振り返った。マリオンはパチパチと目をしばたたいて、真面目そうな眼鏡の男を見上げる。彼はマリオンに近づいてきて、淑女に対してそうするように、片手を差し伸べた。

　マリオンは長年の習性で、さっと自然に自らの手をそこに乗せた。

　眼鏡の男性はマリオンの手の甲に、そっと触れるだけの挨拶の口づけをする。

「お会いできて光栄です、ミス・キャンベル」

「こちらこそ、お会いできて光栄です。えっと……」

「アレクサンダーの秘書、兼、使い走りのフロックウェルと申します。どうぞ以後お見知り置きを」

「ミスター・フロックウェル」

ふたりの男性からじっと視線を注がれながら、マリオンは膝を折って挨拶をした。およそ娼婦らしい振る舞いではないかもしれないが、それがマリオンの性分《しょうぶん》だった。

フロックウェルはいかにも愉快そうに目を細めていたが、逆にアレクサンダーの方はどこか不機嫌そうに秘書を睨んでいる。

なにか、言葉にされない会話がふたりの男性の間で交わされているのを感じた。

フロックウェルはまるで火傷でもしたかのようなふりをして、パッとマリオンの手を放した。

「失礼、失礼。美しい女性を見ると、ついやりすぎてしまう」

「あの……わたしは邪魔でしょうから、席を外していましょうか？　少し外に出ていようかしら……」

すると、アレクサンダーは、マリオンの提案を遮るように鋭い声で即答した。

「だめだ。君ひとりでこの客室から外には出せない。ここが娼館なのを忘れたのか？　女を求めた好色な男たちがうろついている」

いつもは冷静なアレクサンダーが、その時に限ってひどく眉間に皺を寄せて、妙な焦りをにじませていた。

マリオンが驚いてびくりと震えると、アレクサンダーは急に我に返ったようにハッとし、今度はばつが悪そうにため息を吐きながら髪に片手を滑らせた。

フロックウェルは、まるでそのやり取りがおかしくてしょうがないとでも言いたげに、笑って見ていた。好青年ではあるが、油断していたら足下をすくわれてしまいそうな隙のなさが、彼の眼鏡の奥に隠れている気がする。

アレクサンダーのような人間の秘書を務めているくらいだから、間違いなく頭の切れる人物なのだろう。敵に回すのは賢いとは思えなかったし、そもそも、慇懃さといたずらっぽさ、そして知性の交じったフロックウェルの雰囲気には好感が持てた。

「……では、わたしは本を読んでいますね。聞き耳を立てたりはしませんから、安心してお仕事の話をしてください」

実際、この部屋には意外にも興味深い本がいくつかあった。

マリオンはそのうちの一冊を手に取って寝台の近くにある小さな椅子に座った。ふたりの男にはなかば背を向ける格好で。

今度のフロックウェルは、笑い声を立てるのを我慢したりはしなかった。

「黙っていろ、フロックウェル。舌を引っこ抜くぞ」

アレクサンダーは忠告した。

「失礼しました、アレクサンダー。わたしはただ、どうして彼女のような淑女の鑑が、こんな場所にいるのか不思議に思いまして」

フロックウェルは笑いを噛み殺しながら答えていた。

――失礼ね。

と思いはしたが、多分、フロックウェルの反応はごく当然のものかもしれない。それどころか、娼婦として見下されないだけ、ずっといいのかもしれない。

アレクサンダーとフロックウェルはしばらく面倒な数字や法律、契約の話ばかりをしていたから、部外者であるマリオンにはほとんど意味がわからなかった。

小一時間ほどそんなふうに仕事の話を続けたあと、フロックウェルは《アフロディーテ》を去った。


そんなふうにして、気がつくと、時はアレクサンダーがマリオンを買ってから四日目の夜になっていた。

本来ならマリオンは純潔を失い、《ミューズ》とはいえ娼婦に身を落とすはずだった夜から、四つ目の夜。実際のマリオンはいまだに処女で、アレクサンダーの注文してくれた新品のドレスに身を包み、仕事を進める彼のそばで本を読んでいる。

(こんなことになるなんて、思ってもみなかった……)

たったの四日とはいえ、ほぼ四六時中を一緒に過ごせば、ふたりの間には親密な空気が生まれはじめる。

マリオンはまるで、ふたりの間に友情のような絆が芽生えつつあるのを感じていたが、アレクサンダーは相変わらずマリオンには指一本触れようとしなかった。

毎朝、使用人が客室を整えに来る直前になると、アレクサンダーは情事があったかのように寝台のシーツを乱す。使用人が客室で忙しく働いている間は、マリオンをそばに置き、まるで恋人のように振る舞った。そして用事を終えた使用人が出て行くと、すぐにマリオンから離れる。

アレクサンダー・アヴェンツェフは、知れば知るほど謎の深まるミステリアスな男性だった。

彼は完璧にこの国の言葉を喋ったが、時折、東方風のアクセントが交じる。

彼は普通の男なら女性に語るのを躊躇《ちゅうちょ》するような大胆な意見を開けっぴろげにマリオンに話したが、彼自身のことはほとんど話さなかった。

彼の容姿は男らしく、非の打ちどころがほとんどないのに、時々ひどく儚《はかな》げに見えた。

彼は折に触れてマリオンに好意を示した……が、彼女には一切手を出そうとしない。

マリオンは彼に買われた《ミューズ》で、しかも彼の言葉を借りれば『大きな間違い』

でしかない。それでもマリオンは、日に日に彼に惹かれる心が膨らんでいくのを止められなかった。

刻々と、マリオンの中に思慕が……そしてそれに伴う焦りが、募っていく。

マリオンは本を閉じてため息を吐いた。

アレクサンダーはテーブルに向かってなにか計算をしている。その速さは相当のものだった。気軽に声をかけられる雰囲気ではなくて、ただじっと彼を見つめる。

(だめよ、マリオン。身の程をわきまえて。この三週間が終わったら彼はわたしのことなんて忘れてしまうの。わたしはもう、きっとちゃんとした結婚はできないから……お母さまとふたりでひっそりと暮らして……)

その時だった。

急に客室の扉がコンコンと叩かれ、驚いてそちらに顔を向けると、返事をする間もなく扉と床の隙間から純白の封筒が差し込まれる。

「こんな時間に、なんでしょうね」

マリオンは立ち上がって扉の下に挟まっている封筒を拾いに行った。スカートの裾を持ち上げて屈み、封筒を手に取る。

いかにも高級そうなその封筒には、しかし宛名も差出人の名前も記されていない。

アレクサンダーが怪訝《けげん》そうにわずかに眉間に皺を寄せてこちらを見ているのに気がつい

て、マリオンは封を開けずに彼のもとへ封筒を届けた。

「どうぞ。宛名はありませんが、あなた宛だと思います」

「いや、これは多分……」

とつぶやきながら、軽く糊づけされた封を切ったアレクサンダーは、気品のある厚紙に見事な飾り文字が綴《つづ》られた一枚の……招待状を取り出した。

『淫らな享楽の日々をお楽しみのあなたへ
《アフロディーテ》は今宵、貴殿とあなたの《ミューズ》を、濃厚にして刺激的な夜の集いにご招待いたします。
来るも、来ないも、あなた次第……。決して後悔はさせないとお約束しましょう』

場所は一階の舞踏会場、時刻は今から約一時間後とあった。

「夜の集い……」

マリオンは呆然と口を動かし、オークションにかけられる前にマダムから説明された幾つかの《アフロディーテ》の仕組みを思い出した。

三週間の享楽という謳い文句は伊達ではないのだと……。この三週間、《アフロディーテ》はさまざまな催しを顧客のために用意する。晩餐会、演劇、そしてショー。どれも官能に溢れた大人のための集いになるという。

　その具体的な内容を、マダムはだいぶぼかしてマリオンに伝えた。マリオンのような処女の《ミューズ》を買う男性は女に初々しさを求めるだろう、との配慮からだった。

　あなたはただ黙ってお客さまの望み通りに振る舞いなさい……マダムはマリオンにそう指導した。

　マリオンが恐る恐るアレクサンダーの反応を確認すると、彼はお世辞にも嬉しそうとはいえない表情で、美しい飾り文字が並ぶ招待状を睨みつけていた。

　なぜ彼が不機嫌なのか、その理由に思い当たって、マリオンの胸はチクリと痛んだ。

「……あなたが参加なさりたいなら、わたしのことは気になさらないでください。きっと素敵な女性たちがたくさんいるでしょうし……」

　かすれた声でそう言って、マリオンはうつむいた。

　――アレクサンダーはマリオンを間違いで買ったと断言している。そして彼はこの《アフロディーテ》にいた。本来なら誰かを……マリオン以外の女性を……抱きたかったはずなのだ。

　マリオンはこの三週間、アレクサンダー以外の男性に抱かれることは許されないけれど、アレクサンダーは自由で……。

「マリオン、顔を上げてくれ」

まるで怒ったようなアレクサンダーの声にハッとして、マリオンは慌てて顔を上げた。声に違《たが》わない険しい表情をしたアレクサンダーが、鋭い視線でマリオンを凝視している。

「君の言っていることを聞くと、まるで俺が他の女を抱きたがっているようだ」

硬質で冷たい口調が、かえって彼の苛立《いらだ》ちを際立たせていた。

多分、屈強な男性を含めた多くの人間が、こんなアレクサンダーを前にして恐怖に震え、彼の言葉におとなしく従うのだろう。彼の穏やかな紳士の仮面の下には、悪魔でさえも裸足で逃げ出したがるような激情と……それに相対する冷徹さが隠されている。

ここで縮み上がり、なにも言わずに黙り込んでしまうのは簡単だった。

でもマリオンは答えが欲しかった。ずっと心の中でくすぶっている、アレクサンダーへの疑問の答えが。

「ち……違いますか？　あなたはわたしを抱きたくないとおっしゃいました。でも、あなたはここにいたんです、アレクサンダー。この《アフロディーテ》に。ここは本来、机に座って書類の整理をするための場所ではありません。つまり……」

マリオンはずっと、アレクサンダーの瞳を濃い茶色だと思っていた。でも今は違う。感情を剥《む》き出しにした彼の瞳は瞳孔が開き、まるで夜の闇のような漆黒が広がっている。深い、深い黒。

「他の女性を買いたかったのでしょう？　その人なら……抱いたのでしょう？」

アレクサンダーはすぐには答えなかった。

視線をマリオンから一瞬たりとも外さない。彼は、まばたきさえしていないようだった。研ぎ澄まされた剣のように鋭く、重い沈黙のあとに、アレクサンダーは招待状をテーブルの上に置いてゆっくりと立ち上がった。

そして挑むようにマリオンを見下ろす。

「言ったはずだ。俺が君を抱くつもりがないことに、君は天に感謝した方がいい、と。そして、その理由は知らない方が身のためだとも」

「それは……」

覚えている。そして、あの時はそれをありがたくさえ思った。今だってそう思い続けるべきなのに、マリオンの心は良識に反して叫んでいる。

アレクサンダーに求められたい、と……。

「わ、わざわざ言ってくださらなくても、理由くらいわかります。あなたにとってわたしは魅力がないから。オークションの壇上では良さげに見えたのに、こうして間近にしたら落胆したから……でしょう」

感情的になって客の前で泣き出すなど、《ミューズ》は絶対にしてはならないとマダムにきつく教えられていた。だからマリオンはなんとか涙を我慢したが、いつまで耐えられるかは謎だった。

ふたりは激しく見つめ合った。

見つめ合う行為に、『激しく』などという表現が合うことがあるとは、今の今まで知らなかった。でも、ふたりの視線が絡み合うさまは、まさに激しさの骨頂《こっちょう》だった。

アレクサンダーの両手が静かに持ち上げられ、マリオンのほおを鷲摑《わしづか》みにする。一瞬、悲鳴を上げたくなるほどの力だった。

「もし俺が君に魅力を感じていなかったら……君は今頃、数え切れないほど俺に貫かれていただろう」

まるで脅しのような口調。

「そして、君はそれを深く後悔したはずだ。今頃は俺を恐れて逃げ出しているかもしれない。俺を恨み、憎み、狂人だと罵《ののし》っていたはずだ」

「そんなことは……」

「そんなことは、あるんだよ、ミス・マリオン。俺が君を抱くべきではないのと同じくらい、君も俺に好意を持つべきではないんだ——」

その時、ふいに、扉を叩く音がふたりの緊張を破った。

苛立った声でアレクサンダーが「なんだ！」と扉に向かって声を上げると、馴染みの使用人の声が聞こえた。

「おふたりへの贈り物をマダムからお預かりしています。開けても構わないでしょうか」

アレクサンダーは彼らしくない舌打ちをしたが、仕方なさげにマリオンを放して扉へ向かった。外にはお仕着せを着た使用人が、よく訓練された無表情で立っていた。

「こちらです。今夜の集いにはぜひ、あなたの《ミューズ》にこれを着せておいでくださるようにと仰せつかっております」

ひと目で本繻子《サテン》だとわかる光沢のある生地が、マリオンからも見えた。アレクサンダーが無言でそれを受け取ると、使用人は頭だけ下げてそそくさと消えてしまった。

数秒の沈黙ののち、アレクサンダーはため息を吐きながら片手で扉を閉めた。

「あの……それは……？」

「聞いていただろう。マダム直々のご指定で、君はこれを着て今夜の集いに出ることを期待されているらしい」

アレクサンダーは大股で客室内を横切り、渡されたばかりの本繻子のドレスを寝台の上に投げた。そして苦々しげにつぶやく。

「くそ、余計な気を回してくれる……」

ドレスと呼んでいいのか……布が極端に少ないせいで、遠目には漆黒の肩掛けにしか見えない。マリオンは無言で寝台に近づき、布を広げた。

襟ぐりが大きくＶ字に開き、袖はなく、上半身にぴったりとまとわりつくような細身のデザインだった。それだけではない。この服はありえないほどスカートの丈が短かった。

太ももの半分以上が露出してしまうような作りだ。

「こ、これを着て、人前に出るのですか？」

思わずささやいてしまったあとで、マリオンは自分の愚かさを恥じた。

――この四日間、アレクサンダーは優しく、まるでレディのようにマリオンを扱ってくれていた。だから忘れかけていた。マリオンは《ミューズ》なのだ。

高級娼婦。

本来なら一糸まとわぬ姿でアレクサンダーの欲望のために尽くさなければいけない性の奴隷……。

マリオンは息をつめてアレクサンダーの答えを待った。

両腕を胸の前で組むと、アレクサンダーは抑制された静かな声で告げる。

「無理強いはしない……が、俺たちは今までここに篭《こも》りすぎていた。君の立場を考えれば、少し外に出た方がいいだろう。君の……今後のキャリアを考えれば、特に」

胸がズキンと痛んで、マリオンは黙るしかなかった。

アレクサンダーは今後、マリオンが他の男に抱かれる未来を示唆している。当然だ、マリオンは娼婦なのだから。

家の借金が返せるだけの金額が貯まったら、マリオンはすぐにすっぱりとこの世界から足を洗うつもりでいる。《ミューズ》の取り分は売り上げの約半分だから、アレクサンダーがマリオンの三週間を買った値段だけでも大部分を賄えた。

でも、アレクサンダーはそんなことは知らない。

彼にとってマリオンは、次は別の男に抱かれる……ただの娼婦なのだ。

「あ……あなたの、お気に召すままに」

マダムに仕込まれた、よき《ミューズ》のお決まりの台詞《せりふ》を、マリオンはなかば投げやりにつぶやいた。

アレクサンダーの眉間の皺が深まる。彼は怒っていた。理由はわからない。彼の苛立ちは見えない炎のようにふたりの間で燃え上がり、マリオンの心まで焼こうとしている。

なぜ？

どうして彼が、怒る必要があるの？

重苦しい沈黙がしばらく続き、マリオンは怒りと苛立ちに満ちたアレクサンダーの瞳を見ていられなくなって、そっと視線を足元に落とした。

疑問ばかりがグルグルと頭の中で躍る。

どうして怒るの？　どうしてわたしを抱かないの？　どうして運命はわたしを《ミューズ》にしたの……。

「俺たちは……長くふたりきりでいすぎてしまったのかもしれない……。外に出て、少し気分転換するのも悪くないだろう」

アレクサンダーはぼそりとつぶやいた。

マリオンが驚いて顔を上げると、アレクサンダーはすでにくるりと踵《きびす》を返し、暖炉の前まで進むとマリオンに背を向けて立った。

「着替えなさい。信じられないかもしれないが、他の《ミューズ》に比べればそれはだいぶ控えめな格好だ」

彼がそう言うなら、マリオンに拒否する権利はない。もちろんアレクサンダーは無理強いしないと言ってくれている。でもマリオンは《ミューズ》だ。

「わかりました……。すぐ用意します」

マリオンはなんとかそれだけ答えて、部屋の端にある衝立《ついたて》の後ろへ逃げ、隠れるようにしてそこで一滴だけ涙をこぼした。

——彼女はなにもわかっていない。なにも。

アレクサンダーは暖炉の中ではぜる橙色《だいだいいろ》の炎を、憑《つ》かれたようにまっすぐ見つめた。

——やはりこれは間違いだったのだ。大きな間違い。最初から最後まで、すべてが。

衝立の後ろに隠れたマリオンは、その嗚咽《おえつ》を押し殺しているつもりのようだが、アレクサンダーのような敏感な人間に涙を隠せるほど、彼女は芝居上手ではない。

抑えた切ないすすり泣きが聞こえて、アレクサンダーの心をいたぶるように揺すった。

——どうして彼女を抱かないのか？

決まっている。

野獣のようなアレクサンダーの性的嗜好《しこう》に、マリオンを巻き込むことはできないからだ。

彼女が悲痛に顔を歪め、憎しみの篭った瞳でアレクサンダーを見つめる瞬間のことを思うと、吐き気がした。

——では、どうして彼女を解放しない？

決まっている。

アレクサンダーが去れば、マリオンは次の客……他の男に与えられてしまうからだ。そんなことは許せなかった。想像するだけで体中の血が沸騰し、身勝手な本能が叫ぶ。

フロックウェルが彼女の手の甲に口づけるのを見ただけでも我慢ならなかったのに、他の男に彼女を渡すなど、不可能だった。

マリオン　ハ　オレノ　モノダ。

ダレニモ　ワタサ　ナイ。

まるで道化になったような気分だ。理性と欲望という、決して相容れないふたつの感情の間で踊る、哀れな道化。

アレクサンダーはマントルピースの枠を摑み、ぎゅっと固く目を閉じた。

まだ少年だったあの日々の残像が、まぶたの裏に現れて揺れる。くぼんだ目をした悪魔のようなあの男は、いつもいつも、薄ら笑いを浮かべながら言葉にできないほどの暴行をアレクサンダーに加えた。

あの痛み。

あの屈辱。あの絶望。

そしてなによりも最悪なのは、あれほど憎んだ男と同じことをしないと女を抱けなくなった自分、そのものだった。

だからアレクサンダーは生涯、結婚をする気も恋愛をする気もない。抱くのはすべてを理解したプロの《ミューズ》だけにとどめていて、それも年に数回……本当に性的解放が必要になった時だけと決めていた。そしてそれを忠実に守ってきていた。

四日前のあの夜、薄闇にきらめくシャンデリアの下で、不安げに、しかし凛としてたたずんでいた、大きな瞳を持つ赤みがかった金髪の娘に目を留めてしまうまでは。

アレクサンダーはゆっくりと時間をかけて、肺から空気を絞り出すように息を吐ききった。そしてまぶたを開く。

――忘れるな。お前は、マリオンを抱くべきではない。

強くそう自分に言い聞かせて、再び炎を見つめた。――この感情を焼き尽くせ。この思いを捨てろ。火の粉はアレクサンダーを嘲笑《あざわら》うかのように宙を舞ったが、そんなことは無視した。

「用意が……できました……」

　とささやきながら、衝立の後ろから姿を現した時にアレクサンダーが見せた奇妙な表情を、マリオンは生涯忘れられないだろう。

　アレクサンダーは驚いたように目を見開き、恍惚とも、絶望とも取れるような衝撃を、普段はほとんど感情をあらわにしない顔にありありと浮かべた。

「そ、そんなにひどいですか？　わたし……」

　完全に露出された太ももから下の脚が、慣れない涼しさに小刻みに震える。

　せめて、と思い薄手のコルセットだけは着たままでいるが、他はまったくの無防備だ。本繻子の裏面は表面の滑らかさに比べて荒く、マリオンが動くたびに肌を猫の舌に舐められているような違和感を覚えた。

　髪を下ろしたままにしているので、ドレスの黒と、マリオンの赤みがかった金髪の対比が暗闇に燃える篝火《かがりび》のように浮き上がる。

　マダムは確かに、マリオンのことを考えてこのドレスを選んだのだろう。

　数秒後、アレクサンダーはむっつりと唇を引き結び、なにかにじっと堪えるような顔をした。そして、

「……ひどいということはない」

と、独り言のように吐き出した。

「やはりショールを羽織るべきでしょうか」

マリオンは不安げに尋ねた。

アレクサンダーはいくつかの単語と一緒にうなり声を漏らしたが、ひどく早口で、なにを言っているのかはよく聞こえなかった。

彼はくるりと向きを変え、再び暖炉の炎に見入ると、小さな声でぽつりとつぶやいた。

「俺は地獄に足を踏み入れたのかもしれない」

……と。

マリオンの不安をよそに、時は無情にも進み続け、気がつけば夜の集いはもうすぐはじまろうとしていた。

第三幕　心揺れる

マリオンがオークションにかけられた夜は薄暗かった舞踏会場が、今宵は一転姿を変えて、煌々ときらめくいくつものシャンデリアに明るく照らし出されている。

会場入り口には乳白色の石で作られた女神の裸体像が、見る者を誘うように妖しく腰をくねらせて立っていた。

そこから吸い込まれるように舞踏会場へ入っていく人々の群れを、マリオンは呆然と眺めた。

もし、アレクサンダーが常に背中を支えていてくれなかったら、マリオンはその場にしゃがみ込んでしまうか、もしかしたら失神してしまっていたかもしれない。

他の《ミューズ》に比べればマリオンのドレスは控えめだというアレクサンダーの指摘は、一切間違っていなかった。

……少なくともマリオンは布を身につけている。

そうではない《ミューズ》たちがいた。なにかを身につけていたとしても、それは胸と恥部を申し訳程度に隠すだけのものだったり、マリオンのドレスよりさらに丈の短いものだったりした。

そんな《ミューズ》を従えるようにした男たちが、悦に入った表情を浮かべながら舞踏会場へ向かう。自分がどれだけ美しい《ミューズ》を手に入れたか、見せびらかしているように見えた。

「君が嫌なら、客室へ戻ってもいいんだよ」

マリオンの耳元に、アレクサンダーがそっとささやいた。

どこか、マリオンが本当にそう言い出すのを期待しているような熱心な響きがあって、彼を見上げる。

「そんなことをしたら、疑われてしまうのではないですか？」

「もしかしたらね。まぁ、なんとか言いつくろうさ。そういうのは得意なんだ」

「でも……」

アレクサンダーは気づいていないのだろうか？　それとも気づいていて、わざとマリオンを厄介払いしようとしているのだろうか？

パートナーの男性に勘づかれないように、こっそりとアレクサンダーに秋波《しゅうは》を送る

《ミューズ》が何人もいる。意味ありげにウインクをしたり、あからさまな挑発の視線をマリオンに向けてきたり……。

「だ……大丈夫です。帰りません」

胸に渦巻くモヤモヤとする感情や焦りがなんであるか、マリオンはすでに気がついている。嫉妬だ。マリオンは嫉妬している。

——もしアレクサンダーが買ったのがわたしじゃなかったら、アレクサンダーは彼女たちを抱いたのかもしれない。

そう思うと、まず自尊心が傷つけられ、そして次に、芽生えはじめた恋心がチクチクとうずいた。

ベテランの《ミューズ》たちの姿態は艶めかしく美しかった。彼女たちに比べればマリオンは小柄で、まるで大人の女性に交じった未熟な少女のようだ。マリオンの胸は決して小さくはないが、かといって誇れるほど豊満でもない。

本音を言えば逃げたかった。

逃げて、隠れて、ひとりで泣いて。

でもマリオンは、父が亡くなってからの生活で、そんな自己憐憫《れんびん》はなんの助けにもならないと学んでいた。いたずらに時が過ぎるだけで、なんの解決にもならない……と。

アレクサンダーの、懸念するような視線が自分に注がれている。

マリオンは気丈に胸を張って、他の《ミューズ》たちを真似して、自信に溢れた微笑みを作り、アレクサンダーに寄り添った。

醜い見栄かもしれない……。でも、他の女性たちに、アレクサンダーはマリオンのものだと誇示したかった。

「さあ、入りましょう。後悔はさせないとマダムの招待状にも書いてありましたから、あなたの息抜きにもなるはずです……」

「それはどうかな」

アレクサンダーは渋い表情のままで、疑わしげにつぶやき返した。

マリオンの腰を掴むアレクサンダーの腕にさらに力が加わる。ふたりは揃って、お世辞にも楽しそうとはいえない硬い表情を浮かべながら、重い足取りで舞踏会場の中に入っていった。

会場に足を踏み入れた途端、ムスクのような香りがまるで霧のようにムッと立ち込めているのを感じた。一瞬、その香りのせいで緊張を忘れてしまうような不思議な感覚に襲われる。

でも、そこで繰り広げられている光景ほど、マリオンを驚かせるものはなかった。

広い舞踏会場では、中央だけをのぞいたあらゆる場所に長椅子が置かれていた。《ミューズ》とそのパートナーの男性たちは思い思いに長椅子を陣取り、そこで大胆に体を寄せ合っている。

熱い接吻を交わす男女。

剝き出しになった女の尻を撫で回している男……。

その間を、なに食わぬ顔をした給仕係が、ガラス製の細いグラスや軽食を載せた銀のお盆を持って回っている。

そして会場の中心では『催し物』が行われていた。

エキゾチックな太鼓と弦楽器の響きに合わせ、恥部と胸の頂だけを隠した衣装で大胆に腰を振る踊り子が、観客を誘うように舞っている。

膝から力が抜けそうになるマリオンを、アレクサンダーはしっかり支えてくれた。しかし、彼は急に体を硬くして、会場の奥をじっと見つめた。

「……？」

マリオンも同じ方向に目を向ける。やって来たのは、深紅のドレスに身を包んだ中年の妖艶な美女……《アフロディーテ》のマダムだった。

「まあ、アレクサンダー、今夜は来てくださって嬉しいわ。あなたたちときたらすっかり客室に篭ったきりで、まったく姿を見せないものだから心配していたのよ」

マダムは彼女にしかできない、艶めかしくも上品な仕草でアレクサンダーのそばに寄ってきた。マリオンはその時、マダムがそのままアレクサンダーの肩に手を触れるのではないかと思った……が、マダムはそれをしなかった。

マダムはふたりの前に立って、アレクサンダーとマリオンを交互に見やる。

「こちらの《ミューズ》を気に入ってくださったと思っていいのかしら、アレクサンダー？　本当に可愛らしい娘でしょう？　ただ……」

と、一旦言葉を切って、アレクサンダーに向かって片方の眉を上げる。

「……あなたの流儀にこの娘が適しているかどうか、気がかりだったのよ。満足していただけているかしら？」

次に、マダムはマリオンにじっと視線を注ぎ、答えを求めるように目を細めた。

――アレクサンダーの、流儀？

マリオンがなにか言いだすより早く、腰に回されていたアレクサンダーの手がぐっと肩を引き寄せる。上半身が傾いたと思うと、アレクサンダーの唇がマリオンの首筋に強く押し当てられた。

「もちろんだ、マダム。彼女には十分楽しませてもらっている。値段分の価値はあったよ……素晴らしい女だ」

慌ててマリオンも、アレクサンダーの芝居に合わせるために彼の胸元に寄り添う。マダムは薄く微笑みはしたが、完全に納得していないのは明らかだった。

「それならよかったわ。今夜はぜひ楽しんでいってくださいな。あなたもいらしたことだし、素敵なショーをお見せしますわ」

そう言うと、マダムは踵を返し、ふっくらとした魅惑的な腰を振るような歩き方でふたりから離れていった。その後ろ姿を見送りながら、アレクサンダーのマリオンを抱く腕にさらに力が篭る。

「どうやら、本当に残るしかなくなったようだな」

マリオンは不安げにアレクサンダーを見上げた。これほどぴったりと彼に体を合わせたのははじめてで、シャツ越しに立ちのぼる男性らしい香りや、想像以上に硬くて厚い胸元に胸がざわめく。

肌が火照《ほて》った。心臓が痛いほど強く脈打つ。

男性に……アレクサンダーに触れられることが、これほど熱いだなんて。

「やはり、マダムはわたしのことを疑っているんでしょうか……」

「俺たちふたりのことを、ね」

「でも、あなたはなにも後ろめたく思う必要はないはずです。少なくともこの《アフロディーテ》では、買った《ミューズ》は好きなようにしていいのですから」

マリオンの指摘に、アレクサンダーは答えなかった。

太鼓と弦楽器の演奏はさらなる盛り上がりを見せ、踊り子たちの動きもさらに激しくなっていく。太鼓が強く叩かれるたび、マリオンの心臓は跳ねた。ピンと張られた弦が弾かれ、幻想的な調べが奏でられるたび、心の中でくすぶっている疑問がいっそう大きくなっていく。

アレクサンダーはマリオンの手を引いて、「座ろう」とささやき、空席だった長椅子のひとつに彼女を導いた。

漆黒のベルベット張りの座席は、マリオンが寝そべってもあまりそうな長さと、男女ふたりが絡み合っても不自由ない幅と、どんな淫らな行為も許されてしまいそうな柔らかさがあった。

導かれるままにそこへ腰かけ、隣に座るアレクサンダーを見つめる。

彼の瞳には、踊り子の扇情感たっぷりな動きも、銀のお盆に載って供される高級な発泡酒も、周囲の好奇の視線も映されてはいなかった。

マリオンを。

マリオンだけを。

アレクサンダーの茶色の瞳はじっと見据えている。

きっと神ですら、アレクサンダーの心のうちをすべて晒け出すことはできないだろう。強さと脆《もろ》さ。情熱と冷静。知性と野性。そんな相反する性質が、アレクサンダー・アヴェンツェフというひとりの男性の中に宿っている。

彼はマリオンを求めていた。

でも同時に、マリオンを強く拒否しようとしていた。

「どうして……」

答えを求めてささやいた声が、曲の終焉に向かって勢いを増す音律にかき消される。

アレクサンダーはマリオンの背中を支えながら、ゆっくりと彼女の上半身を長椅子に横たえさせた。そして、多くの男性客が彼らの《ミューズ》に対してそうしているように、覆い被さるようにしてマリオンに顔を近づけてきた。

「こうしていた方が疑われない。君も、俺に触れるふりをしてくれ」

自身の行動を弁解するように、アレクサンダーはマリオンの耳元に打ち明ける。マリオンは落胆する気持ちを抑えて、従順にうなずいた。

「はい……」

上着の上からアレクサンダーの腕にそっと触れる。羽根が肌を撫でるような、布越しのわずかな触れ合いにもかかわらず、マリオンの指先に痺れが走った。

どうやら今夜は、ふたりにとって長い夜になりそうだった。

曲が終わると演奏者はその場に残ったが、踊り子たちはその豊満な肉体を見せびらかしながら、観客たちの間を練り歩く。完全に見世物だった。

男たちは懐から出した銀貨や紙幣を、踊り子のささやかな衣服の間に滑り込ませている。中には尻や腰を撫で回す男もいた。

アレクサンダーもそういったことをするのかと思って、マリオンは思わず彼の腕に触れる手にぐっと力を込めた。嫉妬が雨雲のように暗く心を覆った。

しかし魅惑的な漆黒の髪を長く垂らした踊り子がひとり、ふたりの前に来て、物欲しそうに腰をくねらせても、アレクサンダーは一瞬たりともマリオンから目を離さなかった。

しばらくすると踊り子も諦め、隣の席の男女へと向かって行く。

アレクサンダーの前髪がはらりと落ちて、真下にいるマリオンの額をくすぐる。

「アレクサンダー……わたし、わたし……」

「しっ……静かに」

低い声でマリオンを遮ったアレクサンダーは、そのまま片手をマリオンの腰に滑らせた。男性的な大きな手のひらがマリオンの腰の裏をぐっと引き寄せ、ふたりの下腹部が重なる。

経験したことのない、原始的な喜びがマリオンの体の奥から溢れた。

彼に触れて欲しい。

わたしが彼を求めるのと同じくらい、彼にもわたしを求めて欲しい……。そんな、生まれてはじめての情欲がマリオンの心を支配した。

――わたしは、アレクサンダーに惹かれている。

こうして親密に体を重ねて、マリオンはその想いに確信を持った。嫌だと思うどころか、もっと彼に近づきたいと体中が叫んでいる。

ゆっくりと……しかし確実に……アレクサンダーの顔が近づいてくると、マリオンは抵抗せずに彼を待った。

互いの吐息が絡まるほどに距離が縮まると、無意識に唇が薄く開く。

ふたりの唇が触れ合う、その瞬間――。

「紳士淑女の皆さま、どうぞご注目あれ！　今夜のとっておきのショーがはじまりますわよ！」

普段より甲高い興奮気味のマダムの声が会場にこだまして、マリオンはハッと我に返った。アレクサンダーは軽い舌打ちをして不機嫌に顔を上げる。

ふたり揃って声のした方へ視線を向けると、先刻まで踊り子が艶やかに舞っていた場所に、ひとりの見たことがない《ミューズ》がたたずんでいた。

「……？」

その《ミューズ》本人に見覚えはないが、彼女の姿にはなぜか既視感がある。マリオンはわずかに首をひねって考え……そして、すぐにその理由に気がついた。

彼女は、マリオンとまったく同じ服を着ている。

マダムから受け取った、本繻子の大胆な黒のドレスを。

それに気がついたのはマリオンだけではなかった。聞き取るのが難しいくらいの低い声で「ちくしょう」と、アレクサンダーが吐き捨てる。

アレクサンダーはマリオンの腰をすくい上げるようにして彼女を座らせ、自らも上半身を起こして姿勢を正した。

するると、しゃなりしゃなりとした身のこなしで、マダムが会場の奥から中央へ向かって歩いてくる。その姿には自信と、ちょっとしたいたずらっぽさが見え隠れしている気がした。

「……どんな人間にも隠された欲望があるものですわ」

いささか芝居がかった口調で口上をはじめるマダムの後ろには、黒いシャツ、黒いブリーチズに黒い革長靴という格好の、目つきの鋭い男が控えている。

マダムは大げさに両手を広げて見せた。

「普段はそれを隠さなければいけないこともあるでしょう。でも、《アフロディーテ》では違います。ここではあなたは自由なのです。情欲のままに……渇望のままに……あなたの内に秘めたる禁断の望みを叶えますわ！」

マリオンがそれを聞いていると、同じドレスを着た例の《ミューズ》が数歩、アレクサンダーに近づいてきた。マリオンより年上で、ウエーブのある艶やかな黒髪の、大人の色気に溢れた面長の美人だった。

彼女はそっと、周囲には聞こえないような抑えた声でアレクサンダーに向かってささやいた。

「本当はあなたがよかったのよ、アレクサンダー。残念だわ。次はまたわたしを選んで、ね？」

そして女はマリオンに挑戦的な一瞥《いちべつ》を投げると、もといた場所へ戻っていく。

マリオンは狼狽《ろうばい》し、一瞬、自分の置かれた立場を忘れてなかば呆然と女の後ろ姿を見送った。ささやかな挑発。でも、それは確かにマリオンの胸に深く刺さった。

──次は『また』わたしを選んで……。

次は……。また……。

息苦しくなって、顔から徐々に血の気が引いていくようなめまいを感じ、マリオンは思わず隣のアレクサンダーに目を向けた。心のどこかで、さっきと同じように彼がマリオンを見つめてくれているのを期待して。

でも、アレクサンダーの視線は舞踏会場の中央に立つ女と、そこに近づいてくるマダムと黒い服の男に吸いつけられていた。

それも、言いようのない激情の篭った瞳で。まるで怒っているようにさえ見える、燃えるような目で。

「アレクサンダー……？」

嫉妬よりも疑問の方が大きくなって、マリオンはささやくように尋ねた。

彼の拳はぎゅっと握られて、膝の上で小刻みに震えている。歯を強く食いしばっているせいで、男性的な顎の輪郭がさらに力強さを帯びていた。

なぜ、彼が怒るの?

慌てるとか、ばつの悪い顔をするとか、気まずそうにするというのならわかる。でもアレクサンダーが怒る理由はないはずだ。傷ついたのはマリオンであって彼ではない。

しかも、マリオンの呼びかけも彼の耳には入っていないらしかった。

射るような視線でアレクサンダーが女、マダム、黒い服の男を静かに睨んでいる間、周囲の客からは期待を高めるような拍手と声援が上がる。

黒い服の男はぴったりと女の横についたが、マダムは彼らとは距離を置いて会場をぐるりと見回した。

「さあ、ご自分に正直になってみてくださいな。美しい獲物を自分だけのものにしたいと思ったことはありませんか? 自分だけが……身動きの取れない乙女の……支配者になりたいと願ったことは?」

男たちがごくりと喉を鳴らすのが聞こえた。彼らがマダムの言葉に同意しているのは明らかで、マリオンはわずかな恐怖を覚えた。

このショーがどんなものになるのか、マリオンは知らない。

でも多分……アレクサンダーは知っている。緊張に満ちた彼の横顔から、マリオンはそれを直感した。

「縛られた女体というのはとても……そそられるものではありませんか？　このような魅惑的な女ならなおさらのこと……」

今まで影のように控えていた黒い服の男が、手になにかを握って前方へ躍り出た。両手を胸の前で伸ばし、女の周りを一周しながら観客にそれを見せつける。

（え……）

縄、だった。

荷物を結んだり、船舶係留に使ったりする以外の用途をマリオンは知らない、藁を縒《よ》り合わせた縄だ。

（どうしてそんなものを……。まさか……）

マリオンの予感は的中した。男はおもむろに胸の前で縄をぴんと張って見せると、立っている《ミューズ》の背後にゆっくりと回る。

演奏者たちが控えめな音で音楽を奏ではじめる。旋律は媚薬のように会場に広がっていった。おのおのの長椅子に寝そべる男女たちは、うっとりした表情で中央のパフォーマンスに引き込まれていく。

アレクサンダーだけがまるで石像のように微動だにせず、膝の上の拳だけを震わせて、強い怒りを隠そうともせずに体を硬くしていた。

ポロン、ポロンと、弦楽器のもの哀しい調べが響く。

そのたびに男は女の上半身に縄を巻きつけていった。まずは胸の膨らみの上部からはじまり、次に胸のすぐ下部を拘束していく。上下を縛られたことにより、豊満な乳房がぐっと浮き上がり、その存在と儚さを強調させた。

「…………」

理屈では説明できない官能的な光景だった……。どこか体の奥深くがうずき、熱くなって、マリオンはその場に釘づけになる。

マリオンはずっと、男女のまぐわいや情事について、必要ではあるが汚くはしたないことだという認識を持っていた。良家の子女など似たり寄ったり、皆そういう教育を受けているものだ。

でも、これは……。

常識という名の、マリオンの世界が崩れていくのを見ているようだった。

女は首をしならせて、ぐったりとうなだれるような角度に頭《こうべ》を垂《た》れたが、その表情はどこか恍惚としていた。

縄がひと巻き、またひと巻きと女の胸を搦《から》め捕っていくたびに、会場は感嘆のため息で溢れる。薄茶色の藁でできただけの細長い物体が、まるで意志を持った生き物のように女の体に食い込んでいく。のみ込んでいく。

胸の上下を縛り終えると、男は女の背筋をいささか乱暴にぐっと反らせ、今度は彼女の

背後に両手を拘束しはじめた。

乳房が前面に押し出され、ドレスの薄い本繻子越しにも、彼女の胸の頂が硬くしこっているのがわかる。

縛られることで女はどんどん自由を失っていった。

それなのに、彼女はまるで真逆の表情をしている……。まるで……自由を得てうっとりと陶酔しているような……。

そして彼女を縛る黒服の男が浮かべている、意味深な笑み……。

「さあ、今一度、ご自分に正直になってくださいませ……」

マダムは再び周囲に向けてそう言ったが、観客の目は女の体と男の動きに吸いついていて、まともに聞いている者はほとんどいなかった。

マリオンは息をひそめ、目の前で繰り広げられる未知の官能の世界と、心の奥で荒れる嫉妬の嵐との間で激しく動揺した。

そして女の手が背後で完全に拘束されると、縄はゆっくりと彼女の下腹部へ伸びていき……。

その時だった。

突然、アレクサンダーが長椅子を蹴るようにして急に立ち上がった。マリオンたちは最前列の長椅子を使っていた上に、アレクサンダーの長身と存在感は、否応なしにその唐突な行為をさらに目立たせる。

　会場に短い沈黙が流れた。

「どうしたんですか？　ア……アレクサンダー？」

　マリオンの問いにも答えず、楽しいショーを邪魔されて不機嫌にざわめく観客たちも無視して、アレクサンダーは駆け出さんばかりの速さでその場を離れた。

　アレクサンダーの長い足は、彼を会場の出口まで運ぶのに数秒しかかからなかった。振り向きもせずに出口から消えていくアレクサンダーを呆然と見送ったあと、マリオンは慌ててマダムの反応に目を向けた。

　驚きもせず、まるで当然の結果を眺めるように落ち着いたマダムは、数秒の間を置いてマリオンに視線を移した。

　――さあ、どうするの、お嬢さん？

　そう挑発されているような気がした。マリオンはカッとなって席を立ち、アレクサンダーのあとを追って走った。

第四幕　縛る

正直になろう。そうだ、マダムの戯言《たわごと》通り、ここは正直になろう。

アレクサンダーは自分が今さら、誰かを愛せるとは信じていないが、マリオンが傷つくところを見るくらいなら、炎に焼かれながらゆっくりと苦しんで死ぬ方がマシだと思っている。

彼女が微笑んでいるところを見ると、どういうわけか心が軽くなった。

この感情にどんな名前をつけるにせよ、アレクサンダーは今夜ほど自己への嫌悪にさいなまれたことはなかった。アレクサンダーはいつだって冷静に自分の……性癖を分析し、受け入れ、それに合った生き方をしてきた。

恋はしない。愛はいらない。結婚はもっと必要ない……。時々、《アフロディーテ》という合法で安全な高級娼館でどうにもならなくなった欲望を解放するだけで満足してきた。

そうする必要があったからだ。

それがどうだ。

マリオンをひと目見てからのアレクサンダーは目も当てられない醜態を演じている。手放すべきなのに手放せず、かといってまともな人間に戻ることもできず、ひと時の夢を見続けたくて道化を演じている。

アレクサンダーは蹴破らんばかりの勢いで客室の扉を開け、そのまま大股で、寝台のそばにある全身鏡の前に立った。彫り飾りのついた鏡の木枠の両脇を握り、磨かれた鏡に映る自分の姿を睨む。

――『お前は美しいな、アレクサンダー』

あの男はまだ十三歳になったばかりのアレクサンダーの耳元にそうささやき、卑猥《ひわい》に口元をゆるめた。

――『美しいものは逃げないように捕らえておかないといけない。そうだろう、アレクサンダー？　抵抗すればお前の母親がどうなるか……わかっているな？』

卑怯者め！　家畜よりも卑しい魂の腐った男。ちくしょう。ちくしょう。どうして俺はあんな男の言いなりにならなければいけなかったんだ？

答えはひとつだけだった。母のため。

まさにマリオンがその純潔を捧げようとしていたのと、まったく同じ理由……。

怒りと後悔に燃えながら覗いていた己の姿の後ろに、ひとつの繊細な影が映ったのに気がついて、アレクサンダーはぎゅっと目を閉じた。

今、彼女の前で正気を保っていられる自信はない。できるだけぶっきらぼうな口調で、突き放すように言い捨てる。

「入ってくるな、マリオン。俺に、君に手を出さないという約束を守って欲しかったら、今すぐここから逃げ出してくれ」

マリオンは答えなかった。

ただ、開けっ放しだった扉を閉める音がして、それから虚《むな》しい沈黙が流れる。アレクサンダーは目をつぶったまま自嘲した。

これでいい。これでいいはずなのに……ひどく落胆している自分がいる。浅ましくも心のどこかで、マリオンは彼のもとに残ってくれるかもしれないという希望を捨てきれないでいる。くだらない夢。わからず屋な子供。

まともに女を愛せない化け物。

アレクサンダーは深い諦めのため息を吐くとゆっくりとまぶたを開いた。目の前には鏡があって、そこには現実が映し出されている……はずだった。しかし。

「マリオン？」

まるで首を絞められているような、潰れた声が自分の喉から勝手に漏れるのをアレクサンダーは聞いた。マリオンはアレクサンダーから数歩分だけ距離をとった背後に立っていて、じっと不安げにこちらの様子をうかがっている。

とてもではないが、お互いにとって安全な距離とは言えなかった。アレクサンダーは振り返り、鏡に映る虚像ではなく、実物のマリオンに向かい合った。

マリオンは確かにそこにいた。

黒い本繻子のドレスが、女らしい彼女の肉体の線を浮かび上がらせている。ここまで走ってきたのだろう、マリオンの胸はまだ激しく上下していて、その魅力を無視するのは難しかった。

彼女の瞳には幾百もの疑問が浮かんでいたが、そのどれもが、できるなら答えたくないものばかりだった。

「どうして急に席を立ったのですか、アレクサンダー？」

マリオンはやんわりと最初の質問を切り出した。

「どうして出ていかないんだ、マリオン？　忠告はしたはずだ」

アレクサンダーは質問に質問で返した。普通の女性ならカッとして声を上げるところだろうに、マリオンは真剣な表情でどう答えるべきか考えているようだった。

しばらくして、マリオンは意を決したように、

「……多分、わたしは……そうなってもいいと……思っているんです。あなたとなら」

と告白した。

アレクサンダーは再び目をつぶる必要に駆られ、数秒、まぶたを閉じながら、心の中で呪いと同時に祈りを天に捧げた。

「マリオン、君は気づかなかったかもしれないが……あの会場には媚薬効果のある香料がくゆらされていた。そんな気分になるのはそのせいなんだ」

夢であって欲しいとさえ願ったのに、目を開けたアレクサンダーの見たものは揺るぎないマリオンの水色の瞳だった。マリオンはそのほっそりとした首をふるふると振る。

「そうかもしれません……。でも、あなたに惹かれる気持ちがあったのは……もっと前からです。だから……」

「『だから』なんだい？　マリオン、自分がなにを言っているのかわかっているのか？　俺にヤられたいと、そう言っているんだ。少なくとも俺にはそう聞こえる」

マリオンのほおが見る間に赤く染まる。

もっと穏やかで紳士的な言い方があるはずなのに、アレクサンダーはあえて乱暴な言葉を使った。そうすることでマリオンが躊躇してくれれば、ずっと楽に自制できる。

しかしマリオンは、どれだけ赤面しても、アレクサンダーから視線を外すことはなかった。

大きくてまっすぐな瞳。

現実から目を逸らさない強さ。

すべてアレクサンダーが惹かれてやまない、マリオンそのもの。強く頭を殴られたような衝撃に襲われ、アレクサンダーは、自制心という最後の砦《とりで》を手放しつつあった。

男らしい硬質さと頑健さの中にも、長い睫毛やふっくらとした唇に代表されるしなやかな美しさを持ったアレクサンダーの容貌は、どれだけ長く眺めていても飽きることはなかった。それどころか、見つめれば見つめるほど、その神秘的な魅力の虜《とりこ》になる。

彼の心もそれと同じだった。

意志の強さ、聡明さ、男っぽく紳士的な立ち居振る舞い……その奥に隠された、ふとした瞬間に見せる陰や儚さ、物悲しさ……。

そんな彼の内面に、マリオンは惹かれた。

もしかしたら、これは自己憐憫なのかもしれない。

もしかしたら、マリオンは自分の心を守ろうとしているだけなのかもしれない。アレクサンダーに惹かれていると思い込むことで、彼に買われた自分を慰めているだけなのかも……。そして彼の言った、媚薬効果のある香料。

（いいえ、違うわ。ただの幻想でこんな切ない気持ちになるはずがない……）

マリオンは答えが知りたかった。たくさんの疑問に対する答えを。

——なぜわたしを抱かないの？　抱かないならなぜ、わたしをそばに置くの？　なぜあなたは時々そんなに悲しい目をするの？

それらの答えがどんなものになるにせよ、マリオンはアレクサンダーのすべてを受け入れたいと思った。

「わかっています……。教えてください。どうして……どうして、あなたはわたしを抱かないのか」

冷静を保っていたアレクサンダーの態度が豹変する。

彼は獲物に襲いかかる猛禽類のような素早さと気迫でマリオンの前に立ちはだかった。食らいつくようにマリオンの顔を両手で摑むと、息がかかるほどの至近距離まで屈み込む。

「では、教えてやろう。それは俺が野獣だからだ。卑劣で野蛮な畜生で、君のような女性を抱く資格はないからだ」

「そんなこと……ありません。あなたは高潔な人だわ。とても……」

「は！　違うな。そもそも、高潔な人がこんな場所に来ると思うのか？　お察しの通り、俺は他の女を買うつもりで《アフロディーテ》にいた。その女を適当に抱いて、性欲を散らせば、何食わぬ顔でさっさと普段の生活に戻るつもりだったんだ。そういう男だ」

まるでわざとマリオンを怖がらせようとしているかのように荒々しい声でそう告げ、答えを待つように動きを止めるアレクサンダー。

それでも彼は、無理にマリオンを辱めるような行為は一切しなかった——媚薬効果のある香料がマリオンの理性を狂わせているのだとしたら、あの場にいたアレクサンダーだってそれは同じはずなのに、彼は踏みとどまっている。

「じゃあ……どうしてわたしにはそれをしないの？　本物の野獣なら、相手なんて選ばないはずです」

アレクサンダーはそれこそ本物の獣のようなうなり声を漏らした。

「君は今、俺の心臓を摑んで、それを握り潰そうとしている」

どうしていいかわからなくて、マリオンは無意識に身をよじった。逃げるつもりはなかったのに、アレクサンダーの両腕が素早く腰に回り、マリオンを引き寄せる。

「お望みなら教えてやろう、ミス・マリオン。俺は最初から君を抱きたかった。だから君を買った。ただし……俺の望む……俺のできる……やり方で、だ」

マリオンが息をのんで全身をこわばらせると、アレクサンダーの抱擁はさらに強くなり、ありもしない距離をさらに縮めた。

ドレスの薄い生地は、マリオンの肌をアレクサンダーの肉体に触れる刺激から守ってはくれなかった。豊かに膨らんだふたつの胸が、彼の硬い上半身に擦りつけられると、先端にピリッとした痺れが走る。

「あ……」

マリオンの唇から甘い吐息がこぼれる。

アレクサンダーがそれを聞き逃すはずはなかった。

「この淫魔め……。本物の悪魔は天使の顔をしているというのは真実だったんだな……」

荒い呼吸と共にアレクサンダーがそうつぶやくと、その声は振動となってマリオンの背筋を震わせた。

「ひと言でいい。言ってみろ……俺に抱かれたいと。そうすればすべてを教えてやる。後悔するだろうが」

「だ……」

頭がぼうっとする。

体中が過敏になっていくのに、頭の中だけが朦朧《もうろう》として、アレクサンダーのこと以外なにも考えられなくなっていく。これは媚薬？　それとも恋？

――もう、どちらでもいい。ただアレクサンダーに触れて欲しい……。彼を感じたい。

「抱いて、ください。あなたの望む、方法で……」

最後まで言い切る前に、マリオンの体はアレクサンダーに抱き上げられて宙に浮いていた。反射的に、彼の首にぎゅっと両手を巻きつける。次の瞬間、マリオンは寝台の上に仰向けに寝かされていた。

アレクサンダーは両手をマリオンの顔の横について、覆い被さるように顔を近づけると、ささやいた。

「これから俺のすることで、君が永遠に俺を恨むことがないように……祈るよ」

その表情があまりにも切なくて、マリオンは思わず手を伸ばして彼のほおにそっと触れた。アレクサンダーは目をつぶり、その刹那を味わうように深く熱い吐息を吐き出す。

それから彼は素早くマリオンから離れた。

「あ……あの……」

炎をつけられた体を置き去りにされて、マリオンは自分を持て余した。身をよじり、立ち上がれないまま、部屋の端に遠ざかっていくアレクサンダーの後ろ姿を見つめる。

彼は化粧箪笥の前で立ち止まり、一番下の引き出しを勢いよく開けた。

(な、なに……？　服、ではなくて……？)

アレクサンダーはそこからなにか奇妙な道具を取り出した。その道具を手に掴み、引き出しを開けっぱなしにしたまま、マリオンのいる寝台へと戻ってくる。

彼が近づいてくると、マリオンにもその正体がすぐにわかった。

――縄、だ。

「アレクサンダー……」

「少し、昔話をしてやろう」

普段はほんの少し語尾に感じる程度のアレクサンダーの東方アクセントが、急に強くなった。エキゾチックな巻き舌の入った喋り方で、まるで中世の吟遊詩人のようにゆったりと語りはじめる。

「気づいているだろう？　俺はこの国の生まれではない。とはいえ、母は元々この国の人間だったが、ある東方の富豪に嫁ぎ、そこで俺を生んだ」

「あ……っ！」

輪の形に束ねられた縄をシーツの上に荒っぽく投げ捨てると、アレクサンダーはマリオンの両手首を持ち上げた。

アレクサンダーの大きな手は、片方だけでマリオンの細い両手首を交差させて握るのに十分だった。彼はもう片方の手で縄の先端をたぐり寄せ、マリオンの手首に宛てがう。

「……幼少時代、俺には三人の養育係がいて、家には数え切れないほどの使用人と、一生遊び暮らしても尽きないだけの金があった」

最初はゆっくりと、しかし徐々に速くなりながら、マリオンの手首が縄に拘束されていく。最後にぎゅっと結び目を作ると、アレクサンダーはマリオンの手を高く掲げた。

「ん！　あ……」

愛しさが恐怖に変わっていく。

マリオンは助けを求めるようにアレクサンダーの瞳を覗き込んだが、そこに宿っているのはいつもの優しさや知性ではなく、底知れない闇と、過去の記憶に溺れる哀しげな影……一種の狂気だった。

交差させられて縛られた手首を、ぐっとマリオンの頭上に持ってくると、アレクサンダーはその縄の先端を寝台のヘッドボードの枠にある彫り飾りに巻きつけた。

「だが、俺が十三になったばかりの年だ……。国に革命が起こった。皇帝を倒し、貴族や富豪から富を強奪して、市民の天国を作ろうという共産革命だった……」

その事変はマリオンも聞き及んでいる。

遠く離れたこの地の王族貴族も肝を冷やしたものだ。贅沢三昧だった皇帝を怒りに燃えた革命軍が襲い、栄華を極めていた城はほぼ一夜のうちに瓦礫《がれき》の山と化したという。皇帝の城だけではない。皇帝の首を取った革命軍は勢いをつけ、次の標的を狙った。富を持つ特権階級の多くが家を奪われ財産を没収され、少なくない数の人間がその過程で命を落としたと……。

マリオンの瞳が同情で揺れるのを遮るように、アレクサンダーは続けた。

「ご名答だ、マリオン。君は賢い。そう……俺の家族もあの呪われた革命の犠牲になった。屋敷は破壊され、父は殺され、俺たちを守ろうとした使用人と、なんの罪もない家畜までが同じ運命を辿った」

「そんな……」

「あの光景は永遠に忘れない。たとえ俺が死んでこの肉体が滅びても、あの記憶だけは消えないと断言できる」

マリオンは震えながらうなずくことしかできなかった。

当時、彼はまだ十三歳だったという。体は大きくてもまだまだ子供のような年齢だ。すべてを失うには、あまりにも若すぎる。住み慣れた屋敷と、父親と……。

「あなたの、お、お母さまは……」

縄を固定する作業を終えたアレクサンダーは、もったいぶったようなゆっくりとした動きで、再びマリオンに覆い被さった。

彼の長い指が、マリオンにそっと触れる。

その指はまず、頭のてっぺんからマリオンの赤みがかった金髪をなぞった。そのままゆっくりとマリオンの耳、そしてほおを撫で、首筋に下がっていく。鎖骨のくぼみをやんわりと徘徊《はいかい》したあと、さらに、徐々に下へ、下へと移動して……。

「は……っ、あ……ん……」

右の乳房を手のひらにすっぽりと収められて、軽く揺すられる。マリオンの知らない淡い興奮が全身を包んだ。恥ずかしくて顔を隠したいのに、できない。

身悶えるマリオンを、アレクサンダーはどこか恍惚とした表情で見下ろしていた。

「そして……」

「きゃうっ！」

胸の頂にぎゅっと人差し指の腹を押し込まれ、マリオンは甘い悲鳴を上げた。未知のうずきに翻弄され、息が荒くなる。肌が火照る。

「……俺と母は革命の首謀者のひとりに捕らえられた。富裕層による富の独占を悪だと断罪しながら、奴はご立派な屋敷に住んでいたさ……。そして……」

「ん……んぁ……、ふ……っ」

アレクサンダーが吟遊詩人なら、マリオンはさながら彼に奏でられる楽器だった。

押し込みながらクリクリと回すような細やかな動きにもてあそばれて、マリオンの胸の先端がぷっくりと膨らみはじめる。

絶え間ない行為に、そこはさらに敏感になっていった。

乳房で十分にマリオンを官能の波に溺れさせてから、アレクサンダーは彼女から手を離した。

そして、手首から伸びた残りの縄をぐっと引っ張る。

全身がすっかり溶けてしまったように熱く、抵抗らしい抵抗さえほとんどできなかった。

マリオンの背筋がわずかに反り返り、蕾《つぼみ》の膨らみがドレスの端からくっきりと見える胸が、大胆にせり上がった。

アレクサンダーはほんの数秒、動きを止めて、思考するような表情でマリオンの姿態をじっと観察した。そして、

「え、あ……っ、アレクサンダー……！　ま、待って……っ」

　驚いて首を振ったにもかかわらず、アレクサンダーの両手はまっすぐマリオンのドレスの襟を摑んだ。そして、胸元から一気におへそのあたりまで、黒の本繻子を引き裂いた。

　はらりとドレスの前身頃が開き、マリオンのみずみずしい両胸が外気に晒される。

　愛撫に目覚めさせられた乳首は赤く色づき、ぴんと立っているのが見えて、マリオンは羞恥に打ち震えた。

「わ……わたし……恥ずかしい……こんな……」

　アレクサンダーはその訴えを無視した。

　それどころか彼は、マリオンの戸惑いを楽しむように、薄い微笑みを唇の端に浮かべる。

　今のアレクサンダーは普段の彼ではなかった。

　もっと強引で、もっと残忍で、もっと……正直だ。

　アレクサンダーの次の行動は予想がつかなかった。でも、ついさっき目にした夜会での緊縛ショーが脳裏を過《よぎ》る。

「ふ……ぁ……」

　不安になって、言葉にならない哀れな声が漏れる。口を塞ぎたくても、両手を拘束されているから、どうにもならなかった。

　アレクサンダーは縄を片手にマリオンの上半身をすくい上げ、シーツとマリオンの間に器用にそれをくぐらせていく。マリオンの胸の上下に縄が巡らされていくのに、それほど時間はかからなかった。でも、マリオンにはそれが永遠に思えた。

「俺は恐れた……奴はきっと母を慰み者にするつもりだろうと。俺はまだ子供だったが、その程度の知識はあった。もし奴が母のもとに来たら、奴の汚い喉を噛みちぎってでも殺してやろうと思っていた。それが……」

最後に、背後でぐっときつく結び目を作ると、アレクサンダーはその出来栄えを確認するようにマリオンを見下ろす。彼は満足したようだった。

縄を操るアレクサンダーの手つきは、昨日今日それを覚えた者の動きではない。

マリオンにとってこんな経験ははじめてだったが、それでも、自分の体に巻きつけられていく縛りが、深く計算されているものなのはわかった。

動けない。でも、激しく抵抗しない限り、痛みはない。

まるで繭に包まれていくような……。

これは……。

「それが、奴の目的は母ではなかった。俺だったんだ。奴は俺を慰み者にした。母を一緒に捕らえたのは、俺に対する……人質としてだった。もし俺がおとなしく奴に抱かれ続けないのなら、母を殺す、とね……」

「そんな……アレクサンダー……」

続けるべき言葉が見つからなくて、マリオンは唖然とつぶやいた。

男色というものが存在することは知っている。具体的な行為の方法まではわからないが、少年が大人の男に性的虐待を受ける可能性もある、と。でもマリオンにとって、そんな話はずっと縁遠い世界のものだった。

マリオンの目に浮かんだ動揺を、アレクサンダーはどう取ったのだろう。彼は口の端を歪めて、冷徹で皮肉っぽい笑みを浮かべた。

「俺を汚いと思うか、マリオン？　俺のような汚れた男には触れられたくないと？」

マリオンは首を横に振った。

できるなら彼に触れて、その柔らかそうな黒髪を撫でてあげたいと思った。

「いいえ、アレクサンダー……。辛い思いをしたのね。あなたも、あなたのお母さまも……」

アレクサンダーは苦しげに口を引き結び、眉間に皺を寄せた。

「……母は毎回、奴に懇願したさ。わたしが代わりになるから息子を解放してくれ、とね。奴はその度に母を嘲笑い、時には彼女の目の前で俺を犯した」

「そんな……」

「二年間だ。二年間……奴はそうやって俺たちを辱め続けた。そして十五歳になってすぐの春……俺は燭台の針で奴の腹を刺して……殺した。そして母と共に這々《ほうほう》の体《てい》でこの国へ逃げて来た」

アレクサンダーはここでひと息ついて、最も辛い過去を吐露《とろ》するように、一段と表情を暗くした。

「俺は……母のために必死で努力して這い上がろうとした。しかし、彼女の心の傷は深すぎた。一年もしないうちに心臓が弱って亡くなったさ」

我慢しようとしても、マリオンの瞳から涙がいくつもこぼれ落ちた。止められなかった。まだ少年だった彼がくぐり抜けなければならなかった悲しみを思うと、心臓に針が刺さるような痛みに襲われた。

ずっと嘆いてきた自分の境遇も、当時のアレクサンダーに比べたら天国のようなものだ。少なくともマリオンはもう大人で、他にほとんど道がなかったにせよ、自らの意思で《アフロディーテ》を選んだ。

そうでしょう？

「泣くな……。君が泣く必要は、ないんだよ」

声が出せなくて、マリオンはただふるふると首を振った。

「ごめんなさい……」

「謝る必要もない。もう過ぎたことだ」

落ち着いた口調でそうつぶやきながら、アレクサンダーは縛られたマリオンに顔を近づけてきた。ゆっくりと、でも、躊躇のない動きで。

アレクサンダーの唇がマリオンのほおに触れ、優しく涙を舐め取った。筋になっていた涙の線を舌でなぞり、目尻まで辿り着くと、そこに長い口づけを落とす。

これを口づけと呼んでいいのかさえわからなかった。

ただ、マリオンを慰めるためだけの触れ合いかもしれない。でもこんなに優しく、心を震わせる膚触《はだざわ》りを経験したのははじめてで、マリオンはアレクサンダーへの慕情を深めずにはいられなかった。

愛しい。この人を守りたい。受け入れたい。

「どうしてわたしに……その話をしてくれるのですか？」

「君が聞いたからだよ。どうして俺が君を抱かなかったのか……。そして、どうして俺が君を縛るのか……」

ふたりは見つめ合った。

互いの瞳の中に、過去と刹那と、未来と、剝き出しの情欲を見つける。マリオンが彼を欲するのと同じくらい……いや、それ以上に、アレクサンダーはマリオンを求めてくれている。

マリオンは訴えるように縄に繋がれた手を引き、やっと聞き取れるくらいの細い声で尋ねた。

「どうして、わたしを縛るの？」

「嫌かい？　やめて欲しいか……？」

アレクサンダーの視線がマリオンの全身を滑るように流れ、彼は意外なほど穏やかな笑みを浮かべながら彼女の髪を撫でた。

やめて、と言うのは簡単だった。多分、マリオンが拒否すればアレクサンダーは本当にここで止めてくれる。でも……。

でも……。

「いいえ……。続けて、ください……。あなたの……望む方法で、わたしを……抱いて……」

きっと、この行為には理由がある。

マリオンが了解の言葉を口にした途端、ひと時だけ穏やかだったアレクサンダーの瞳は再び情念の炎を宿しはじめた。

「いい子だ。体の力を抜いてごらん。痛くはしないから」

そう言って、アレクサンダーはマリオンの体の線を撫でた。脇の下から腰まで、すぅっと彼の大きな手が下っていく触感は、マリオンの背筋に甘い痺れを与えた。

「ん……っ」

身悶えるマリオンの敏感な反応を、アレクサンダーは思慮深く観察したあと、心から満足したように目を細める。

「下も縛るよ。心配しなくていい……軽くだ。足を開いて」

「え……」

アシ、ヲ、ヒラク？　一瞬、マリオンの頭の中は真っ白になった。

《アフロディーテ》で春を売ると決めた時、マリオンはマダムから口頭での性のレッスンをいくつか受けた。だからマリオンは自分の足の間に、性的に感じやすい「とても個人的な器官」があることを知っている。

そこを晒すことで殿方を悦《よろこ》ばせることもできると、マダムは意味深に教えてくれた。マリオンがことの詳細をさらに尋ねようとすると、「その時が来ればわかるわ」とだけ告げられたが……。

――今がその時よ、マリオン。

マリオンは心を決めて、決心が鈍らないように強く目を閉じると、そろそろと両足を開いていった。

季節はすでに春に差しかかっていて、夜間の冷えを防ぐために暖炉には火が躍っている。だから部屋は暖かいはずなのに、なぜかつま先から足がどんどん冷えていくような寒気が肌を上ってくる。

目を閉じていたから、アレクサンダーの反応はわからない。

ただ、深く息を吸う音が聞こえて、それから数秒、彼は無言だった。しばらくしてアレクサンダーは、

「もう少し。もう少し開くんだ、マリオン。そう、綺麗だ」

と、マリオンをうながした。

その気になればアレクサンダーはマリオンの足を力で開かせることができるはずなのに、それをしない。まるで、マリオンが彼女自らの意思で彼に足を開くことに、なにか重大な意味があるかのように、彼は辛抱強く待っていた。

羞恥心の限界まで足を開くと、マリオンは恐る恐る目を開いた。

「アレクサンダー……こ、これ以上は……わたし……」

きっとマリオンの顔は滑稽なくらいに紅潮している。でも、アレクサンダーは静かにマリオンを見つめていた。彼の瞳に浮かんでいるものは、なんだろう。羨望？　欲望？

愛情？

「君は稀有《けう》な存在だ。俺を……こんなふうに興奮させられる女には、会ったこともなかった。俺は……」

「あ、あなたは……？」

続きを聞きたかったのに、アレクサンダーはすぐに口をつぐんでしまった。言葉で答える代わりに、彼はマリオンの膝に触れる。軽く天井向きに膝を押されて、マリオンは戸惑

いながらも彼の動きに従った。

背中から垂れる縄の続きが太ももに触れた時、マリオンはぶるりと身震いした。

「膝を曲げて。俺に君を見せてくれ」

アレクサンダーはマリオンの体を崇《あが》めるように大切に扱ったが、膝を曲げた足を固定するように太ももと足首に縄を絡める時だけは、少々乱暴に引っ張られて、マリオンはきゅっと目を閉じた。

自分がどんな格好になっていくのか……その姿が彼の目にどう映っているのか……考えるだけで全身が火照る。

そして、アレクサンダーがマリオンを縛り終えた時。

マリオンは両手首を頭の上に固定され、剥き出しの胸を縄で囲われ、両足を文字のMの形に開いて晒け出していた。

やっと少し身をよじることができる程度で、動くことは叶わない。

「あ……恥ずかし……ぃ……です。見な……見ないで……」

「最後の仕上げをしよう。動かないで。まぁ、動けないだろうが、跳ねないようにしてくれ」

「なに……を」

マリオンが目を開くと、なんとアレクサンダーが折りたたみ式の携帯ナイフをカチリと開くところだった。悲鳴が喉をせり上がってきそうになった瞬間、アレクサンダーは素早くナイフの刃をマリオンの股の間に当てて、恥部を守っていた薄い下着を切り裂いた。

散らされた下着は儚くシーツの上に落ち、アレクサンダーによってすぐに取りのぞかれた。アレクサンダーはまたナイフをしまい、寝台から下りた。

あられもない姿のマリオンをシーツの上に残し、アレクサンダーは寝台に背を向け、しばらく天井を仰ぎ見ていた。まるでなにかに祈っているような彼の背中を、じっと見つめる。

やっとこちらを振り返ったアレクサンダーは、悲しみと怒りの交ざった複雑な表情でマリオンを見下ろしていた。

「教えてやろう、マリオン。俺は、縛らないと女を抱けないんだ。縛られた女が相手でないと……欲情できない。なぜだかわかるかい？」

マリオンは息をのんだ。驚きに目を見開く。

アレクサンダーは己を嘲笑するような皮肉っぽい微笑を浮かべた。

「奴が……そうやって俺を抱いたからだ。二年間、幾夜も幾夜も、俺はこうして辱められ続けた。母を守るために俺はずっとそれに耐えた。身動きが取れないように拘束され、そして犯される……あの屈辱……」

一歩、アレクサンダーは寝台に近づき、片膝をシーツの上に乗せた。

その時マリオンは、アレクサンダーの肉体の変化に気がついた。彼の股間が大きく盛り上がり、ズボンを引きつらせるほどに、前に向かってそそり立っている。

「……俺は奴のような人間にはならないと心に誓っていた。相手が男であろうと女であろうと、あんなものは悪魔の所業だ。それが……この国へ亡命して数年後、ある女性を抱こうとした時、気がついたんだ。抱けない。ここが反応しない……」

ここ、という指摘がどこを指すのか、アレクサンダーの股間で強く己を主張している突起を見て、マリオンは漠然と理解した。

アレクサンダーはさらに身を前に乗り出し、マリオンに近づく。

「最初はなぜかわからなかった。しかし……心のどこかで、俺はその理由を感じていた。でも、認めたくなかった。認めるわけにはいかなかった……。散々縛られることに耐えてきたせいで、俺は……逆に……女を縛らないと抱けない男に成り下がっていたんだ」

アレクサンダーはマリオンのすべてをじっくりと見つめながら、小声でささやく。

「こんなふうに」

彼の感情の波が渦になって、マリオンの中にも流れ込んでくるような気がした。悔しさ。悲しみ。怒り。やるせなさ。

緊縛され、拘束されたマリオンを前にしたアレクサンダーは、たぎるような熱い欲情と同時に、マリオンに対する同情のような……愛情のような、繊細な心遣いを示してくれる。

こんな格好は恥ずかしくて、怖かった。でも、アレクサンダーに対しては、慈しみと愛情しか感じなかった。

「俺を軽蔑するかい？」

アレクサンダーが尋ねる。

「いいえ」

マリオンは正直に答えた。これが本心からの言葉だと彼に伝わればいいと、強く願いながら。

「本当のことを言います。こ、こんなふうに縛られるのは……心細いわ……。でも、あなたのことは信頼しています……。これがあなたに必要なことなら、わたしは……う、受け入れます。きっと大丈夫……だから」

「大丈夫ということはないよ、マリオン。きっと俺は君を抱き潰してしまう。君を闇に堕としてしまう。深く、遠く」

脅しのような台詞も、マリオンの彼に対する思慕や信頼を揺るがしはしなかった。多分、それを語る彼の瞳があまりにも優しかったからだ。

「でも……わたしが堕ちたら、あなたは助けに来てくれるでしょう？」

マリオンがささやくと、アレクサンダーはそっと目を閉じた。数秒後、目を開けた彼の中からは、今まであった迷いが完全に吹き飛んでいるようだった。

——ついに狂おしい夜がはじまろうとしている。

きっと今夜、ふたりはお互いの情火に焼かれる。体にはすでに火がついていて、まだ経験したことのないそれが、待ち遠しくてたまらないほどだった。

アレクサンダーはまずマリオンに覆い被さり、本物の大人の口づけで彼女の唇を塞いだ。

「は……ぁ……っ」

舌が重なり、絡み合う。

誰かを口の中に進入させたことなどなかった。マリオンは動けなかったから、ただアレクサンダーが与えてくれるものを受け入れることしかできない。

舌をなぞられると、ぞくっとするような痺れがマリオンの肢体を震わせた。

唇を塞がれたままの状態で、アレクサンダーの片手がマリオンの乳房をひとつ鷲摑みにする。マリオンの短い悲鳴は、繰り返される口づけの狭間で溶けて消えた。

「ん……ぁ……ふぅ……」

アレクサンダーの手はマリオンの肌に吸いつき、柔らかくも張りのある若い乳房をゆっくりと揉んだ。途端に体温が上がり、胸の頂にある小さな蕾が硬くなっていく。

「きゃう！　ア、アレク……サンダー……あ！　あ！」

唇を解放されたと思った瞬間、アレクサンダーは素早くマリオンの過敏になった乳首を口に含んだ。まずは全体を吸われ、そして、舌の先で硬くしこった蕾を転がされる。

めまいがするほどの快感に襲われ、マリオンはすすり泣いた。

アレクサンダーはペロリと乳首を舐め上げて、薄く微笑みながらかすれた声でつぶやく。

「まだはじまったばかりだ、マリオン……。これだけでそんなに甘い声を出していたら、俺がこれから君に与える快楽に、君は耐えられなくなる」

快楽に、耐えられなくなる？　そんなことがあるのだろうか？

「君は夢のようだ。だからこそ、繋ぎ止めておきたい……」

アレクサンダーはもう片方の乳房も同じように口で可愛がりはじめた。すでに愛撫を受けた胸を執拗に揉み、乳首を指でからかい続けながら、マリオンを高めていく。

マリオンにできるのは、快感の受け皿となったその体を、アレクサンダーのために開くことだけ……。誰に教わったわけでもないのに、マリオンの口からは艶めかしいあえぎ声が次々にこぼれた。

噛まれたり、舐められたり、摘《つま》まれたりしながら、マリオンの胸は翻弄された。すべてが生まれてはじめて感じる官能で、マリオンは意識が白く濁っていくような朦朧とした夢心地に流されていく。

「はぅ……あぁ……んっ、ひっ……ひぁ……」

気がつくと、高い波が押し寄せてくるような、狂おしい欲求が体の芯に芽生える。気持ちいいだけではない、どうしても今以上の刺激を求めたくなるような、もどかしくて苦しい、なにか……。

「わ、わたし……へん……です……。あ……、ん……」

マリオンの体が小刻みに震えてくると、アレクサンダーは一旦、彼女からわずかに離れた。妖しく全身を縛られ、シーツの上で身悶えるマリオンの姿を、恍惚とした静かな瞳で見つめる。

「思った通りだ。君の胸はとても感じやすい、マリオン」

そして、すっかり火照ったマリオンの胸の頂に、フッといたずらな息を吹きかけた。

ただ息が触れただけなのに、マリオンの体はびくりと跳ねる。アレクサンダーは優しげに微笑んだが、彼の息遣いはどんどん荒くなっていった。

「でもきっと、こちらはもっと感じやすいだろう……」

「あ……」

アレクサンダーの腕が、すっとマリオンの股間に伸びる。そこはすでに哀れを誘うほど剝き出しで、無防備な状態だった。彼の指が、マリオン自身さえ存在を知らなかった秘部にそっと忍び寄る。

「……っ！　ん……ぁっ」

ささやかな茂みをかき分けたアレクサンダーは、襞の間に中指を到達させた。彼は最初、マリオンの反応を探るように数ヵ所を優しく突いたが、すぐに隠された宝石を発見して、そこを解きほぐす。

すると聞こえてはならないはずの、いやらしい水音が響いて、マリオンは狼狽した。クチュ、クチュ……と。

「ん、ふ……や……っ、どう、して……わたし、濡れて」

「恥ずかしがらなくていい、マリオン。自然なことだ。君が、俺の愛撫を受け入れてくれている証拠だ」

唯一自由になる首をふるふると振って赤面するマリオンの首筋に、アレクサンダーは口づけをする。彼の唇から伝わる熱に、マリオンは高められると同時に勇気づけられた。

快楽はすぐに息苦しいほどの激しさになり、マリオンは首を仰け反らせて甘く切ない悲鳴を上げた。

アレクサンダーは片手の指でマリオンの襞の先端に隠された陰核を刺激しつつ、もう片方の手で乳房を摑み、口で、舌で、固く膨れた頂をいたぶる。

両足の間から、さらに愛液が垂れ出してくるのが自分でもわかった。

「ひぅ……あ、あ、あぁ……なに……なに、これ……あ！」

「抵抗することはない。さあおいで、マリオン。イクんだ。すべてを受け入れてしまえ」

アレクサンダーの手の動きが、いささか乱暴なほどの激しさになると、マリオンはもう我慢も抵抗もできなかった。

信じられないような快感が体の奥で弾けて、光の洪水となってマリオンのすべてを包んでいく。今まで感じたどんな感情とも、感触とも、感覚とも違って、それはマリオンを完璧に満たした。

生まれてはじめての絶頂に打ち震えるマリオンの姿態を、アレクサンダーはそっと抱き寄せる。

そしてマリオンの耳元にささやいた。

「君は素晴らしい。今日までどの男も君を奪えなかったことを、天に感謝するよ」

「これ……は……」

とろんとした瞳をなんとか持ち上げて、自分の上を覆っているアレクサンダーの大きな体を見つめながら、マリオンは尋ねた。

「今の……は……なに？　わたし、こんなのはじめてで……これが、だ、男女の交わり……なの？」

アレクサンダーの表情が優しくほころぶ。

「その一部だよ」

「つまり、まだ先が……あるのね？」

「そういうことになるね。君は美しくて、感じやすい上に、賢い」

「か、からかわないで……っ」

ふたりの距離がぐっと近づいたような気がして、マリオンは嬉しさと恥ずかしさの交ざった気持ちでアレクサンダーの瞳を覗き込む。

彼は満足しているようにも見えたし、逆に、ひどく苦悶しているようにも見えた。マリオンを見下ろす彼の視線には穏やかな慈しみと……もし自惚《うぬぼ》れていいのなら……深い愛情が浮かんでいる。

でも同時に、彼の顎はなにかを必死で我慢しているように固く引き結ばれていて、肩や腕の筋肉が緊張しているのを強く感じた。どうして……。

「……怒っているの？　わたし……わたしだけ、感じてしまって……あなたに、なにも」

マリオンは縛られて身動きが取れないから、これから一体どうやってアレクサンダーに、彼が与えてくれたような快感を返すことができるのか、わからなかった。でも、マリオンだけが一方的に、この夢のような享楽を受けるばかりでいいはずがない……。

競売にかけられる前、マダムは、マリオンは無知なままの方が殿方に愛されるだろうと判断して、あまり具体的な情交の方法を教えてくれなかった。

あの時は少し安堵したけれど、今はそれが恨めしい。

「あなたがわたしに……してくれたことを、あなたにすれば、あなたも同じ気持ちになれるの？」

マリオンの問いに、アレクサンダーは目を見開いて眉を上げた。

「……でも、わたし、動けなくて……どうやったらあなたを喜ばせてあげられるのか、わからないの……教えてください」

アレクサンダーはそのまま固まり、しばらく無言だった。マリオンは失言してしまったらしいことに気がついて、穴があったら入りたい気分になったが、縄の拘束のせいで顔を隠すことさえ叶わない。

沈黙がいよいよ長引いてくると、マリオンは泣きたくなった。

いっそ泣き喚《わめ》いてしまおうかと思いはじめた時だった。突然、アレクサンダーが首を反らして大声で笑い出したのだ。

「な、な……っ」

「マリオン……君って女は……救いようがないな！」

そして明るく無邪気な声で笑い続ける。屈託のない笑顔と、豪快と言っていいほどの笑い声を上げるアレクサンダーはいつもより若く見えて魅力的だった。

――もし笑われているのが自分でなかったら、マリオンは見惚れてしまっただろう。もしもう少し自由の利く身だったら、拗《す》ねて彼に背を向けていたかもしれない。

でも。

「ひどいです、アレクサンダー……わ、笑わないで……！」

自分がどんな顔をしていたのかわからないが、もしかしたら相当哀れな表情だったのかもしれない。アレクサンダーはぴたりと笑うのをやめて、真剣にマリオンを見つめた。

「すまない。君を傷つけたり嘲笑したりするつもりではないんだ。ただ君があまりにも可愛いから……」

アレクサンダーの指がすっと目尻を伝い、小さな水滴をぬぐったので、マリオンは自分が涙ぐんでいたことに気がついた。

「そして、あまりにも純粋だから……ね。信じられないかもしれないが、こんなふうに声を上げて心から笑えたのは本当に久しぶりだ。それこそ、十三歳の時以来かもしれない」

笑いすぎたせいか、彼の目尻にもうっすらと涙のようなものが浮かんでいる。

どんな形であれ、アレクサンダー・アヴェンツェフのような男の顔にこれだけの笑顔を咲かせることができたのは、一種の名誉と考えていいのかもしれない。

マリオンは複雑な気持ちで、唇をすぼめつつ、彼の次の反応を待った。

アレクサンダーはマリオンの髪を撫で、厳《おごそ》かに告げた。

「君はもう素晴らしい喜びを俺に与えてくれているよ、マリオン。こうして縛られるのを受け入れてくれたこと……。君の可愛い唇から漏れる愛らしいあえぎ声。俺の望みについて心配してくれる、その優しい心遣い……」

低くて男らしい声と、吸い込まれてしまいそうな茶色の瞳。

マリオンは《ミューズ》である己の立場も、緊縛されている格好も忘れて、心から彼に惹き込まれた。

　しかし、アレクサンダーは徐々に暗い表情になった。

「だからこそ……やはり、俺のような男が、最後まで奪うべきではないんだ……」

「え……？」

「君には最高の快楽をあげよう。何度でも、何度でも。しかし、俺に与えられるのはそこまでだ」

「どう、して？　あっ！」

アレクサンダーはマリオンの顔から目を逸らし、素早く屈み込むと、彼女の股間に滑り込んだ。彼の黒髪が太ももに触れ、それがぞくりとマリオンを痺れさせる。

　一度、絶頂を覚えてしまった秘部は、彼の息が吹きかかっただけで敏感に反応する。アレクサンダーはそこを丁寧に舐め、辱めた。

「ひぅ……っ！　あ、あぁ……つ、強い……の……。熱い……アレク、サンダー……っ」

　彼の舌はまずマリオンの反応を探り、彼女がひどく感じる場所を探し当てると、そこを執拗に刺激する。がっしりとアレクサンダーに尻を摑まれ、ありえないほどに密着したマリオンの股間と彼の顔は、禁断の調べを奏でていく。

　溶けるようなマリオンの嬌声《きょうせい》。

　艶めかしく響き続ける、愛液のしたたる音。

ふたりの荒い息遣いと、限界まで速められた鼓動。

達するたびに、マリオンは打ち震えて切ない悲鳴を上げた。そのたびに、アレクサンダーは新たな方法でマリオンをさらに高みへと押し上げた。

享楽の夜は長く続いた。

しかし、アレクサンダーが本当の意味でマリオンを抱くことはないまま、その夜は明けていく。マリオンはいつしか、気を失って深い眠りに落ちた。

第五幕　結ばれる

朝になったことに気がついたのは、甘い香りを放つ豪華な朝食をお盆に載せた使用人が部屋に入ってきた時だった。ノックの音があったはずだが、それさえ聞き逃すほどマリオンは疲れていたらしい。

使用人はそろそろと無言で、寝台にいるマリオンへ近づいてきた。

「朝食です。こちらを残さず食べ切るようにとの、ミスター・アヴェンツェフからの伝言です」

「伝言？」

マリオンは包まれていたシーツから上半身を起こし、慌てて室内を見回した。

アレクサンダーの気配はなかった。

「アレク……ミスター・アヴェンツェフがどこにいるのか知っていますか？　なにか他に

伝言は？」

相変わらず無表情な使用人は、どちらの問いにも首を横に振る。

「《ミューズ》は顧客との契約が終わるまでここを離れられませんが、殿方は自由ですから……」

彼女は、どこか同情するような口調でそう指摘した。

焼きたてのパン、新鮮な果物、高級なバターや珍しいジャム、燻製《くんせい》肉などが揃ったお盆を寝台の横にあるナイト・テーブルの上に置くと、使用人は頭を下げてそそくさと部屋をあとにした。

……確かに、お腹は空いている。

しかも、体が芯から乾燥してしまったかのように喉が渇いていて、少しでも動こうとすると、関節のあちこちが引きつるような鈍い痛みを訴えた。マリオンはクリスタルの水差しに入った冷えた水をグラスに注いで飲み干すと、再び室内を見回した。

やはりアレクサンダーはいない。

部屋は静まり返っていて、その室温と直感から、アレクサンダーがここを出て行ったのはかなり前ではないかと察せられた。ひとり、マリオンを残して。

マリオンはシーツの上に座ったまま、自分の体を見下ろした。いつのまにか白い寝間着を着せられている。

一見、なにもなかったかのように静かな朝。でもマリオンの手首には桃色に染まった生々しい縄の痕が残っていた。

(あれだけわたしを悦ばせてくれたのに、結局、彼は最後まで……)

アレクサンダーは本当の意味ではマリオンを抱かなかった。半裸のマリオンを縛り、過去の秘密を語り、多すぎるくらいの快楽を教え込んでくれたのに……最終的に、彼はマリオンを完全に己のものとはしなかったのだ。

その理由を、彼は何度も『俺のような男が』マリオンを奪うわけにはいかないと言った。

(でも……)

本当にそれだけが理由だろうか？

実はマリオンに魅力が足りなかっただけでは？

もしくは、やはり気に障ることを言ってしまったのかもしれない……。悩みはじめると思考はどんどん悪い方へ向かい、気分が暗くなっていく。

それでもなんとか朝食の大部分を食べ切ると、マリオンはそっと寝間着の袖を捲って縄の痕を確かめた。

肌にいくつも走る桃色の線が、昨夜の出来事は夢ではなかったと教えてくれる。でも逆にいえば、マリオンにはそれしかなかった。

使用人の言った通り、マリオンは所詮《しょせん》、彼に買われた《ミューズ》でしかない。契約が終わるまでの関係。行き先も告げずに放っておける都合のいい娼婦……。

「……ふ……っ」

泣きたくはなかった。でも、止めるのは難しくて、マリオンは嗚咽を押し殺しながら涙を流した。涙が枯れ切るまで枕に顔を埋めて泣いたが、しばらくして少し気分が落ち着くと、マリオンは顔を上げた。

――わかっていたはずよ、マリオン。

これは実るはずのない恋だと。わたしは《ミューズ》で、彼は客だ。

《アフロディーテ》は国営の高級娼館で、そこで働く《ミューズ》は一般の娼婦とは微妙に区別された。たとえば身請けされて、どこかの貴族の愛人や、年老いた実業家の後妻になるケースも少なくない。しかし……アレクサンダーのような誇り高い人に、それらは似つかわしい所業とは思えなかった。

遅かれ早かれ、いつか別れのくる関係なのだ……きっと。

アレクサンダーはマリオンを純粋だと評した。そうなのかもしれない。でも、マリオンは繊細なお人形さんのような少女ではない。自分を哀れんで泣き暮らすような真似はしたくなかった。

(泣いていても仕方ないわ。自分にできることをするしかないの……。そこから先は、神に祈るしかないのよ)

寝間着の袖で残った涙の跡をぬぐい、マリオンはそろそろと寝台から下りた。

全身鏡の前まで進み、そこで自分の姿を確認する。きっとひどく疲れた顔をしているだろうと思ったのに、鏡に映ったマリオンはいつになく艶やかで、大人びていた。

着替えるために襟を留める紐を解いて、寝間着をストンと足元に落とした。一糸まとわぬ姿の自分を見つめ、マリオンは息をつめる。

アレクサンダーが残した情熱の証《あかし》は、さまざまな形でマリオンの肌を飾っていた。

縄の痕。

吸うような口づけで染められた小さな赤い斑点。

これらはきっと、いつか消えてしまうのだろう。でも、マリオンはこの痕を……あの刹那を……永遠に覚えていたいと思った。

手首に残る縄の痕にそっと唇を寄せてから、マリオンは着替えを探すために箪笥へ向かった。アレクサンダーに買ってもらったドレスのひとつを着て、髪を整えると、マリオンはこの部屋で唯一の窓に目を向けた。太陽はもう高い。

確かに《ミューズ》は契約中、《アフロディーテ》の館から出てはいけない決まりだが、館内であれば出歩いてもいいことになっている。

元々は王族の持ち物だったというこの建物は、《アフロディーテ》から上がる潤沢な資金を使っての贅沢な改装が幾度となく繰り返されており、建築物としても一見の価値があると言われている。

(少し部屋を離れて……気分を変えないと)

アレクサンダーがいないなら、この客室に篭っている意味もない。外へ出るなと言われているわけでもないし、建物から出ない限り、マリオンは自由だった。

マリオンはゆっくりと扉へ向かい、最後に後ろを振り返って、ここ数日をアレクサンダーと過ごしてきた室内をじっと見渡した。

一週間にも満たないのに、どの空間にもアレクサンダーの思い出の残像が見える。彼が書類を読むテーブルに、考え事をする時にうろうろと歩く暖炉の前、マリオンを縛り快楽を教えた寝台……。

マリオンは目を閉じた。そして、そっと部屋をあとにした。

ふかふかの絨毯が敷かれた長い廊下を抜けると、吹き抜けの豪華な螺旋階段があって、マリオンを誘うかのように下へ続いていた。金鍍金仕上げの手すりには流れるような波模様が施されていて、埃ひとつないよう丹念に磨かれている。

特に行き先があったわけでもないので、マリオンはその螺旋階段の美しさに見惚れて、吸い込まれるように足を向けた。

マリオンとアレクサンダーの使っている客室は、《アフロディーテ》の中でも最上のもので、当然、最上階に位置していた。下階にはそれよりも少し格調の劣る一般客室があって、そのさらに下が舞踏会場や大広間のある公共スペースになっている。

階段を下りながら、マリオンは昨夜の集いのことを思い出した。

（アレクサンダーがどういうふうに女性を抱くのか、マダムは知ってたんだわ……）

あのタイミングで緊縛ショーをはじめたのも、マリオンがきちんとやっているかどうか確かめたかったからなのかもしれない。それに、あの黒髪の《ミューズ》はアレクサンダーのことを知っていた。

（この三週間が終わったら……わたしたちはもう会えなくなるのかな……）

もし……。

もしもマリオンがこのまま《ミューズ》として《アフロディーテ》に残ることを選べば、時々はアレクサンダーが来てくれて、時を共にすることができるのだろうか？

とんでもない考えが湧いたことにマリオンは戸惑い、すぐにその可能性を打ち消した。今でさえ抱いてくれないのに、アレクサンダーが次もマリオンを買ってくれる可能性はなきに等しい。彼は元々、マリオンを選んだことは『大きな間違い』だったと、はっきり言っていたではないか……。

寂しくて、情けなくて、悔しかった。

頼りない足取りでふらふらと階段を下り、一般客室のある階に辿り着いた時だった。この階に特に用はないと、さらに下階を目指そうとしたマリオンの姿を、ひとりの男が認める。

「これは、これは……まさかとは思ったが、本当にマリオン・キャンベル嬢ではないかな？　こんなところでなにをしているのかい？」

その気取った口調と薄気味悪い猫なで声に、マリオンは聞き覚えがあった。

嫌な予感に顔をしかめながら、ゆっくりと後ろを振り返る。すると廊下の先に、ひとりの小太りな中年男が立っていた。

不健康そうな張りのない色白の肌に、くぼんだ目元と冷たい青い瞳。背はあまり高くないが、低すぎるわけでもない。神経質そうな彫りの深い顔立ちは、昔日はそれなりに美しかったのかもしれない……が、現在は醜く歪んでいた。

——その声に、もちろん聞き覚えがあるはずだった。

この男こそ、マリオンがここに来ることになった諸悪の根源……。

「ベルモンド伯爵……」

ベルモンドはにやりと薄笑いを浮かべ、マリオンに近づいてきた。マリオンは声を上げて逃げるべきだったのだろう。しかし、悪意をはらんだ冷酷な青い瞳に見つめられ、マリオンは萎縮してしまった。動けなかったのだ。

「オークションで君を見かけた時は、まさかと思ったものだ。正直、君がここまで大胆な金策を思いつくとは思わなかったのでね。ふふ……」

マリオンは強く手を握り、屈辱のあまり小刻みに震えた。下りかけの階段で足を止め、なんとか虚勢を張りたくて険しい表情を作る。しかし、成功したとは言い難かった。

ベルモンド伯爵はからからと笑った。

「君はいつもそうだ、ミス・マリオン。強情で気が強くて……マーガレットのような可愛げがない」

「は、母を呼び捨てにしないでください！」

「ほぅら、そうやってすぐわたしに反抗する。賢い行動とは思えないな。特に、わたしのような実力のある男に歯向かうと、身を滅ぼしかねないのだよ……」

と言って、自分の台詞に感心したように満足げな笑みを浮かべた。

「まぁ、ここに娼婦としているくらいだから、すでに身を滅ぼしたも同然だがね。借金を返済したら、どこか田舎に引っ込んで静かに暮らそうとでも？　修道院かい？　わたしを甘く見ない方がいい……いくらでも悪い噂をばらまいてやれるからな」

怒りが込み上げてきて、恐怖に打ち勝った。マリオンは一歩前に進み、声を上げた。

「この悪党！　これ以上、母にかかわらないで！」

「おぉっと……」

ベルモンド伯爵は決して大柄でもないしたくましくもない。しかし、男だ。マリオンの手首をひねって無理やり引き寄せることなど、造作もなかった。

痛みに顔を歪めるマリオンを背後から抱きしめると、ベルモンド伯爵は今にもよだれを垂らさんばかりのねっとりとした口調で、彼女の耳元にささやいた。

「わたしの客室に来なさい。君はあの新興成金に落札されてしまったからな、別の女を買ったのだ。三人で楽しむのも悪くない。それとも、わたしと女で、一緒に君をいたぶってあげようか……」

悲鳴を上げようとした瞬間、ベルモンド伯爵の手がマリオンの口を塞ぐ。

マリオンの叫びはくぐもった音を漏らしただけで、助けを呼ぶのに十分な音量にはならなかった。

（そんな……！　アレクサンダー！）

涙が浮かび、その向こうにアレクサンダー・アヴェンツェフの残像が浮かぶ。彼の精悍《せいかん》な顔つき、優雅さと男らしさの交じった独特の立ち居振る舞い、時々笑ってくれるとうっすらと浮かぶえくぼ……。

今は亡き父よりも、今もマリオンの助けを待つ母よりも、まだ出会って一週間にも満たないアレクサンダーの姿が真っ先にマリオンの心を埋め尽くした。どうしようもなく、魂の底から彼に助けを求めた。彼にまだ抱かれなかったことに身を千切られるような後悔を感じた。

ベルモンド伯爵は抵抗するマリオンに多少手こずり、小声で文句を言いながらも、彼女を客室に引きずり込むのに成功しつつあった。

どれだけ暴れようとしても、恐怖心が邪魔して十分な力にならない。足をばたつかせて、なんとか逃げようとするのに、ベルモンド伯爵はかえってそれを利用してマリオンを抱え上げた。

「────っ！」

声にならない悲鳴がマリオンの喉を突く。

マリオンはそう簡単になにかを諦めるような性質ではない。でも今回ばかりは、絶望が目の前を真っ暗にした。ぎゅっと目を閉じて最悪の瞬間を覚悟する。

その時だった。

「うあぁ！　なにをする！」

ベルモンドが奇声を上げたと思うと、マリオンを捕らえていた手から急に力が抜けて、前のめりに押し出された。

転ぶ、と思って慌てて両手を前に出して衝撃を覚悟したが、なぜかそれはなく。

ふわりと広がる男性的で心地いい香りと、力強い腕に抱きかかえられる。マリオンは大きく目を見開いて、彼女を抱きとめている長身の男を見上げた。

「ア……レクサンダー……」

いつもは完璧に整えられている髪を四方に乱したアレクサンダーは、怒りに満ちた瞳でベルモンド伯爵を睨みつけていた。

「他の男が買った《ミューズ》に許可なく手を出すのは、ここではご法度《はっと》のはずだが、覚えておられないのかな、ベルモンド伯爵」

氷のように冷たい声だった。アレクサンダーはそう言ってさらに強くマリオンを抱き寄せると、冷徹に続けた。

「お年のせいでお忘れかな、閣下？　わたしの鉄道計画を邪魔するのは勝手だが、この女に触れるのは許し難い。彼女には二度と近づかないでいただこう……」

――鉄道？

はじめて聞く話だったが、悔しそうに舌打ちをするベルモンド伯爵の歪んだ表情から、彼らの間では既知の事柄らしかった。

マリオンの心臓はまだバクバクと音を立て、激しく鎖骨を叩いている。喋ろうとしても喉からうまく声が出ず、マリオンはただアレクサンダーの腕にすがりついた。

「この、こしゃくな小僧が！　爵位もない外国生まれの野蛮人のくせに、少し金を得たくらいで偉そうに……本来なら、お前などわたしの足元にも及ばぬというのに！」

「たかが爵位で人がひれ伏す時代は終わったんだよ、伯爵。さっさとあんたの部屋に戻って、酒でも飲んでな。あんたの言う野蛮人の血が、俺の中で騒ぐんでね……その汚い手を切り落としたくてうずうずしてくるよ」

乱暴な言葉遣いとは裏腹に、アレクサンダーは威風堂々とした立ち姿で、まるで誇り高い騎士のようにマリオンを囲い守っている。

ベルモンド伯爵は狡猾《こうかつ》だが、馬鹿ではない。

アレクサンダーが相手では完全に勝ち目はないと、すぐに感じ取ったらしかった。マリオンと揉み合ったせいで乱れたレース飾りつきのシャツの襟を正すと、苛立たしげに鼻を鳴らす。

「ふん……お似合いのふたりだな。身分の卑しい新興成金と落ちぶれて娼婦となった良家の娘か。せいぜい楽しむことだ！」

マリオンは反論したかった。自分のことではなく、アレクサンダーを悪しざまに言われたのが我慢ならなかったからだ。

しかし、口を開きかけたマリオンを止めたのは、アレクサンダーだった。

ベルモンド伯爵は盛大な音を立てながら扉を閉め、自分の客室へ消えていった。

「し……っ、あの男は相手にする価値もない……黙って」

先刻とは打って変わった柔らかい口調で、アレクサンダーはそっとマリオンの耳元にささやく。同時にぎゅっと強く抱きしめられて、マリオンは全身の緊張がやっとほぐれていくのを感じて安堵のため息をついた。

「どこに……行っていたの、アレクサンダー……」

「すまなかった。君を置いていく気はなかった。少し……時間が欲しかっただけだ。部屋に戻ろう」

マリオンは素直にうなずいた。今はなにも考えずに彼の温もりに甘えたくて、抱き上げられるに身を任せて力を抜いた。

アレクサンダーは軽々とマリオンを持ち上げ、しっかりと横抱きにして腕に抱え、ベルモンド伯爵の客室に背を向けると螺旋階段を上った。


自分が馬鹿なことをした自覚はあったが、それを素直に謝れるかどうかは、また別問題だった。本当なら彼女をひとりにするべきではなかったのだ。

アレクサンダーはまだわずかな震えの残るマリオンを寝台の縁に座らせると、状態を確認するために彼女の瞳を覗き込んだ。

彼女の、故郷の湖のように青く澄んだ大きな瞳を。

「大丈夫だったか？　ベルモンドは君になにか……暴力を振るったかい？」

マリオンはアレクサンダーと目を合わせずに首を横に振った。

「いいえ……。彼はそうするつもりだったと思います、けど、その前にあなたが来てくれましたから」

「それはよかった」

そう答えながらも、アレクサンダーの胸中は怒りで燃えたぎっていた。

あの腐った伯爵にはマリオンを傷つけようとした罰を与えなければならないと、心の底から決心した。

そして、アレクサンダーの決心……一度決めたことをやり遂げる意志の強さを、甘く見てもらっては困る。この強靭な気力こそがアレクサンダーを今日の経済的成功へ導いたのだ。

アレクサンダーからほとばしる殺気を感じたのか、マリオンはおずおずと顔を上げる。

「あなたは、ベルモンド伯爵をご存じなのですか？」

意外な質問にアレクサンダーは眉間に皺を寄せた。

「ああ、ありがたくないことにね。政界に繋がりを持とうとすれば、あの着飾った豚は避けて通れない邪魔者なんだ」

マリオンは『着飾った豚』のくだりで噴き出した。その笑い声が可愛らしく、それに合わせて広がる微笑があまりにも美しくて、アレクサンダーはこの瞬間を切り取って永遠の宝にしたいと願ったほどだった。

しかし……マリオンがここで笑うということは、彼女もベルモンド伯爵をよく知っているということだ。

「君も奴を知っているんだな」

質問ではなく、断定の形でアレクサンダーは告げた。

「ええ……一度、お話ししたと思います。債権者を脅して、わたしの母を奪おうとしている男……。それが彼なんです」

アレクサンダーは言葉なくうなずいた。

いかにもあの狡猾な男がやりそうなことだったから、驚きは少なかった。しかしそれは、怒りを静める助けにはならない。早く秘書を呼んで、すでに進めさせている調査をさらに急がせる必要がありそうだった。

もし法律があの豚伯爵を罰してくれないのなら、アレクサンダーが自らの手でケリをつけてしまいたいくらいだった。

——アレクサンダーの望む方法で。文明とはかけ離れた、残酷なやり方で。

しかし今はそんな野蛮な計画を立てているより、目の前のマリオンを慰め、わかり合いたかった。

「あの男がここにいるのを知っていたなら、どうしてひとりでこの部屋を出たりしたんだい？」

「いいえ！　知りませんでした！　わたしはただ……あなたがいつ帰ってくるかわからないし……少し外の空気を吸いたくて外へ出ただけで……」

「ここは君の住んでいた平和な片田舎ではないんだよ。付き人もなしに出歩かないで欲しい。いいね。たとえ《アフロディーテ》館内でも」

「わかりました……。ごめんなさい」

マリオンはしゅんとうなだれて認めた。しかしすぐに顔を上げて、アレクサンダーを覗き込む。

「ベルモンド伯爵がここにいるのを、あなたはご存じだったんですか？」

「ああ」

アレクサンダーは平坦に、事実然と答えた。

「奴は君を競り落とすために最後までねばっていたひとりだ。あそこまで君の値段が上がったのも、奴のおかげと言えなくもないわけだ」

「そんな……」

可哀想に、マリオンは心底怯えた顔をして身震いした。当然だ。アレクサンダーがいなかったら、彼女はおそらくベルモンド伯爵に買われていたのだから。アレクサンダーが彼女のための理想の男とは言い難かったが……少なくともベルモンド伯爵よりはずっとまともな相手であるのは確かだった。

その程度の自信はあった。

マリオンはしばらく、考えが定まらないような浮かない顔をしてぼんやりとアレクサンダーを見つめていた。彼女の髪とドレスは伯爵と揉み合ったせいで乱れており、襟の広がりからわずかに胸の谷間が覗いている。男を誘ってやまない、神秘の渓谷……。

わずかに……ではあるが、アレクサンダーは己の股間が硬く反応するのを感じた。彼女の中に入れるだけの強度ではない……しかし、明らかな変化を。

(ありえない……。縛られていない女に反応したことはなかった……)

アレクサンダーはぐっと拳を握った。

もし普通の方法でマリオンを抱けたら……。まともな紳士がそうするような、彼女にふさわしい優しいやり方で、愛することができたら。

突然湧いたそんな希望は、しかし、波打ち際の海面に浮かぶ泡のように儚く消えていった。

どれだけ今ある反応以上を引き出そうとしても、やはり体の奥は縛られたマリオンを求めてうごめく。悔しさに拳が震えた。

そして、気がつく。

この葛藤は、同情からくるのではない。良心の呵責《かしゃく》でもない。ましてや肉体的な欲望だけではない。

アレクサンダーは彼女を愛している。

アレクサンダーが闇なら、マリオンは光だった。闇が光を求めるように、彼の魂はマリオンの汚れなき強さに惹かれた。ただ同時に、そんな彼女は眩しすぎて、アレクサンダーにとっては禁断の果実だった。

傷つけたくない。汚したくない。彼女が母親と共に平和に暮らせるようにしてやるのが、アレクサンダーのせめてもの使命なはずだ……。

そうだろう？

愛しさと、悔しさの狭間で、アレクサンダーは自分の体が勝手に動いて、マリオンを抱きしめるのを止められなかった。ぎゅっと彼女の体を包むと、その柔らかさに、さらなる保護欲がうずく。

彼女が欲しい。

いや、だめだ……。

そんなアレクサンダーの内なる葛藤を知ってか知らでか、マリオンは急に真剣な顔になって、彼の腕の中で背筋を正した。

「教えてください。昨夜、どうして、あなたはわたしを抱かなかったのか」

「なんだと？」

耳を疑うような質問に驚愕し、自分の声が危険なほど低くなるのを、アレクサンダーは感じた。

「……何度も言ったはずだ。俺は相手を縛り上げなければ抱けない異常な性癖の化け物なんだ。君はそんなふうに扱われるべき女性ではない！　だからだ！」

図らずも声を荒らげてしまったが、マリオンはひるんだ様子を見せなかった。

「わ、わたしがどう扱われるべきかなんて、あなたが決めることではありません！　わたしはそれでもいいと言いました。すべてを知っていて受け入れたんです。でも、あなたは抱いてくれなかった……！」

アレクサンダーは引き続き、自分の耳が信じられなかった。

マリオンのためを思って、我が身を――ついでに言えば鉄のように硬くなっていたあの時の自分自身をも――切り刻まれるような思いで必死に耐えたというのに、当のマリオンはどうして抱かなかったのかと怒りをぶつけてくるのだ。

「……君は自分がなにを言っているのかわかっていない」

「いいえ、よくわかっています！　あなたは単にわたしを抱きたくなくなっただけでしょう？　わたしはあのショーに出ていた黒髪の女性みたいに魅力的じゃないから、嫌になっただけで……」

「ふざけるな！」

それでなくてもベルモンド伯爵がマリオンに乱暴しようとしていた事実に、怒りとアドレナリンが噴き出していたところで、薄氷のように脆くなっていたアレクサンダーの忍耐は、マリオンの訴えを前に粉砕した。

アレクサンダーはマリオンの両手首を摑み、彼女の背をシーツの上に押し倒した。そして、歯の隙間から押し出すようなかすれた声で、彼女を脅す。

「愛撫でイかされるだけでは満足できなかったか？　完全に俺のものになって、来る夜も来る夜も淫らに縛り上げられて俺の欲望に貫かれるのが望みか？　そうしてやっても良かったんだ。ただし君は後悔し、深く俺を憎むようになる……」

組み敷かれて、恥辱の言葉を吐かれているというのに、マリオンはただただ切ない瞳でアレクサンダーを見上げている。その澄んだ水色の中には、アレクサンダーの心を揺らすなにか……慈しみのようなものが、はっきりと浮かんでいた。

マリオンはうっすらと微笑んだ。

「あなたが、あなたを凌辱《りょうじょく》した人を憎んでいるからといって……」

声に形があったら、マリオンのそれは羽の形をしているだろう。甘く柔らかいのに、高すぎない、心地いい響き。

アレクサンダーは自分を抑えるのに己のすべてを賭けなければならなかった。

それほど……彼女の中に入りたかった。

「……わたしまであなたを憎むことにはなりません。たとえ縛る行為は同じでも、あなたがわたしにくれるものは、まったく違うの。だから……」

「…………」

「だから、怖がらないで」

チェック・メイト。たったひとつのチェスの駒が、長かったゲームの勝敗を決める瞬間のような高揚感……満たされていくような気持ちがアレクサンダーの全身に行きわたった。

これ以上、我慢することなどできなかった。

そんな選択肢はなかった。

アレクサンダーは飢えた野獣が獲物に噛みつくような荒々しい口づけでマリオンの唇を塞ぎ、彼女の息を吸い上げるようにむさぼった。

マリオンはあえぎ、細切れに声を漏らしたが、抵抗はせずにアレクサンダーの情熱を受け入れて背を反らした。それは上品な愛の行為ではなく、もっと原始的な、お互いの命を支え合うような激しい交わりだった。

たかが口づけ。されど、これは……ふたりを永遠に結びつける碑《いしぶみ》。

長く続いた接吻が解かれると、マリオンは安堵とも不満ともつかない深いため息をついて、とろんとした瞳でアレクサンダーを見つめる。

アレクサンダーはボタンがはち切れるのも構わず、着ていた白いシャツの前を破り一瞬にして脱ぎ捨てた。マリオンがひゅっと短く息を吸い込む。

今まで、たとえ女を抱く時でも、アレクサンダーは滅多にシャツを脱がなかった。よほどその場が暗い時だけ例外的に肌を晒すことはあったが、そういったことは滅多にない。

アレクサンダーにとって裸を見せることは、己の弱点を剝き出しにするのと同じことだったからだ。

しかし、なぜか今は……マリオンの前では……なによりも真っ先にすべての鎧《よろい》を脱ぎ捨てたいと思った。

案の定、マリオンの視線はアレクサンダーの上半身の肌に走る傷痕に釘づけになった。湖面が風に揺れるように、マリオンの瞳も揺らぐ。まず驚きが浮かんで、それから彼女の賢い頭が傷痕の理由を思いつくのに、長い時間はかからなかった。

「こんな、ひどいわ……」

アレクサンダーはうっすらと微笑むことに成功した。

「ほとんどは鞭を受けた時についた傷だ。幸い、俺にそちらの趣味はないから心配しなくていい……。ただ、ここを見てごらん」

脇の下から胸板にかけて伸びる赤黒い痕を視線で指す。

「……これは、きつく縛られすぎてついた傷だ。俺は……こういうことを君にしてしまうんじゃないかと思うと、恐ろしい。君のこの柔らかい肌に……」

アレクサンダーは自分に傷痕があるのと同じ、脇の下から胸にかけてのマリオンの肌を指でなぞった。

「そしてなによりも君の心を、傷つけてしまうことが、怖い」

自分の声が震えているのに気がついて、アレクサンダーは今どれだけ本心を語っているのか、どれだけ彼女が彼の中で大切な存在になってきているのか、確信した。

「あなたは優しいのね」

マリオンは迷いのない優しい声でささやいた。

「でも、もう今さらやめられないよ。俺は君を抱く」

「わたしの気持ちは変わりません……。あなたに、あなたの方法で、抱いて欲しいの」

「そうさせてもらおう」

今度は軽く触れ合うだけの口づけを残して、アレクサンダーは例の道具をしまっておいた箪笥へ向かった。罪悪感は消え、代わりにふつふつと燃えたぎる欲望が体中の血管という血管を巡る。

ずらりと並んだ道具の数々を前に、マリオンのはじめてを奪うのにふさわしい物を選ばなくてはならない。なんとも悩ましく、しかし甘美な思考だった。

彼女を完全に縛りたい。

しかし、彼女の裸体をくまなく……一片さえも隠さず、見つめたかった。感じたかった。感じさせてやりたかった。

答えはすぐに出た。アレクサンダーはよく鞣《なめ》された黒い革の紐の束を手にすると、口元に小さな笑みを浮かべ、マリオンの待つ寝台へ戻った。

「それは……？」

マリオンの声は疑問に揺れていたが、非難をするような響きは一切なかった。

「すぐにわかるよ」

短く答え、蹴るように靴を脱ぎ、アレクサンダーは寝台へ上がった。マリオンを横抱きにして、シーツの中央へ導く。

そこで、ゆっくりと時間をかけて彼女の服を脱がせた。

小さな真珠のボタンがひとつ外されるたび、シルクのリボンがシュッと音を立てて解けていくたび、マリオンの素肌が火照っていく。彼女は時々恥じらうように身をよじったが、アレクサンダーがそっと「力を抜いて。俺に任せて」と小声で指示すると、おとなしく従った。

――得がたい女だ。

そうしてだんだんと、アレクサンダーの手により一糸まとわぬ姿になったマリオンは、この世のなによりも美しかった。

豊かだが大きすぎない乳房は、期待と緊張に大きく揺れている。腰は折れてしまいそうなほどほっそりとしていたが、尻はふっくらとしていて、情欲を誘った。細い手足はしなやかで柔らかく、アレクサンダーの次の言葉を待ってわずかに震えている。

マリオンの髪はほのかに赤みがかった金髪だった。ゆるくウエーブを描きながらシーツに広がるその流れは、彼女の情熱的な性格を表すかのように輝いている。

そして彼女の瞳。

くそ、その愛らしさといったら。

しかし、このまま普通に彼女を抱けたらという希望は、これだけの魅力を前にしても完全には勃起しない肉棒の前に消えていった。確かに、わずかな反応はある。アレクサンダーにとってはそれだけでも大きな変化だった。

しかし、彼女を抱くには、まだ足りない。

マリオンを縛りたい。縛らなければ……抱けない。

「少し引っ張るが、痛くはしないよ」

マリオンが素直にうなずくのに甘えて、アレクサンダーは革紐の束を解いて作業をはじめた。

まず、右手を。

そして左手を。右足を。左足を。

すでにこの目的のために先端を工夫されている革紐を用いて、寝台から伸びる四本の支柱それぞれに、マリオンの手足を結びつけていく。

「あ……アレクサンダー……ん……」

マリオン・キャンベルは体の自由を奪われ、アレクサンダー・アヴェンツェフの前に姿態を広げていた。

まるで標本の蝶のように。

まるで魔物の生贄《いけにえ》となった生娘のように。

アレクサンダーの男性自身は見る間に凶暴なほどの硬さになり、衣服を破らんばかりの勢いで膨張していった。

「君はこの格好で処女を失うことになる。わかっているね」

今さら止めることはできなかったが、それでもアレクサンダーはマリオンの理解を求めていた。……多分、マリオンのためではなく、アレクサンダー自身の心のために。

マリオンは健気に首を縦に振った。

「はい……」

そこから先は、もう抑えることなどできなかった。アレクサンダーは、彼を誘う丸みを帯びたふたつの乳房を両手で摑み、荒っぽく揉みしだくと、先端で真珠のように硬くなる蕾をひとつ口に含んだ。

「ひぅ……っ！　あ、ぁ……ぃや……」

舌を武器に攻め立てると、マリオンの乳首はすぐに翻弄されて甘い嬌声を招いた。

両手を開いて固定されているせいで、彼女の胸は前よりも敏感になっているはずだった。

アレクサンダーはそれをよくわかっていた。

わかっていたから、余計にそこを攻めた。

「あぁ……ア、ふぁ……だ、だめ……ぇ……こんな、こん、な……」

悩ましく首を振りながら愛撫に耐えるマリオンに激しくそそられ、アレクサンダーは片手を彼女の腰の裏に回して、ぐっと引き寄せた。

下腹部同士が重なり合い、底知れぬ原始の欲望がアレクサンダーの呼吸を、鼓動を、乱していく。

我慢できずにさらに下へ手を滑らせると、マリオンの秘境へと向かった。

到達すると、そこはすでにわずかな湿りでアレクサンダーの指を迎え入れる。マリオンが確かに心からアレクサンダーを受け入れてくれている証拠だった。

肉体の欲望よりも、魂の飢えが満たされていくような快楽を、アレクサンダーは大人になってはじめて知った。

このまぐわいはマリオンのはじめてかもしれないが、アレクサンダーにとってもまた、生まれ変わるに等しい行為だった。

花弁の間に潜む感じやすい蕾を、指の先で刺激していく。

もっと器用に、もっと丁寧にしてやるべきだとわかっていたが、本来なら脳へいくべきアレクサンダーの血流は下腹部に集中していて、そんな余裕は消え去っていた。

強すぎる愛撫に身悶えるマリオンだったが、次第に蕾が膨らみ、それに従って快感も増していくようだった。

アレクサンダーの肉棒も、すでに我慢の限界へ達しようとしている。マリオンの恥部から透明な愛液がアレクサンダーの指に絡まり、まるで急《せ》かすように奥へ誘った。

昨夜、アレクサンダーはマリオンの膣内にはほとんど入らなかった。

しかし今は、凶暴なほど膨らんでいる男性自身をいきなり挿入するよりも、指の動きで内部をほぐしてやるべきだと思う。

思う……が、どこまで耐えられるか……。

「んぁ……っ！　そ、そこは……っ」

つぷり、と人差し指を入れて、中を探った。甘い蜜に溢れたそこは伸縮しながらアレクサンダーを受け入れ、艶めかしく吸いついてくる。

「ああっ、ひぁ……」

アレクサンダーの指の先が目的の場所を探し出した。マリオンの最も感じやすい、最も神聖な一点を見つけたのだ。

そこを激しく突くと、マリオンは背を反らして、あまりにも強烈な刺激から逃げようともがいた。

「抵抗しても無駄だ、マリオン……。受け入れてしまえ。感じるんだ。すべて」

彼女の瞳にうっすらと歓喜の涙が浮かぶ。そしてビクビクと数回、小刻みに手足を痙攣《けいれん》させると、彼女の全身は絶頂の波にさらわれていった。

マリオンは声にならない叫びを発し、唇の端からわずかに唾を漏らしながら、その余韻に震える。

「は……ぅ……あぁ……」

「いい子だ。マリオン……君のここは……とても感じやすい」

前戯はここまでだった。これ以上は待てなかった。

アレクサンダーは早急にズボンの前を解放し、マリオンと同じ裸になった。アレクサンダーは自分が大柄なのをよくわかっていたし、若い貴族や実業家にありがちな線の細い体形とも違った。

アレクサンダーの肉体は鍛え上げられており、自惚れを別にしても、かなりの大きさの男性自身を誇っていた。

ただそのサイズが……これがはじめてとなるマリオンにとっては酷なことも、理解している。

思った通り、マリオンの瞳はアレクサンダーのものを目にして大きく見開かれる。幸い、比較になる他の男のものを知らないのだろう、そこを凝視しながらゴクリと喉を鳴らした。

「そ、それを……その部分を……使うのですか？」

「ああ、そういうことだ。最初は痛むかもしれないが、そのうちに悦《よ》くなると約束するよ。

あまり力を入れすぎないで」

己の剣で愛する女性の処女を奪えると考えただけで、圧倒されるほどの満足感と庇護欲、そして誇りのようなものが湧き上がり、アレクサンダーにさらなる力を与えた。

こんな男女の交わりははじめてだった。

アレクサンダーはマリオンに重なり、猛《たけ》る雄芯の先を彼女の入り口に当てると、数秒、その幸福に浸った。

そして一気に中へ入った。

「ひぅ……ぅ……ぁ……っ」

よく濡れていたおかげで、アレクサンダーのものはすぐに彼女の純真を守っていた膜に到達した。マリオンの蜜壺は想像以上に締まっていて、アレクサンダーのものに貪欲なほど食らいついてくる。

「くそ……マリオン……君は良すぎる」

そう長くは持ちそうになかった。アレクサンダーは歯を食い縛るとさらに奥へ突き進み、マリオン・キャンベルの純潔を破った。

その瞬間。ああ、その瞬間の快楽。そのまま果ててしまわなかったのが不思議なくらいだった。

マリオンは痛みに短い悲鳴を上げたが、やめてくれとはひと言も漏らさなかった。しかし、彼女のその健気さに甘えすぎてはいけない。永遠にこの時が続いてくれと願いながらも、できるだけ早い解放を求めて深い抽送をはじめる。

ありえない……。ありえないほどの快感。いや……これは快感なのだろうか？　恍惚？　至福？

自分が感じているものがなんなのか……そもそもこの感情に名前などつけられるものか……わからなくなっていく。

なんでもいい。マリオン以外はなにもいらない。

組み敷かれて、縛られて、アレクサンダーの腕の中で情熱を受け入れる彼女は、儚くも優美だった。アレクサンダーの動きと共に彼女の胸が揺れ、硬くしこっているふたつの蕾が胸板に擦りつけられる。

「あ……あぁ……んぁ……も、だめ……ぇ」

マリオンはすすり泣き出し、腰をビクビクと痙攣させて小刻みに震えた。

結合部分からはあられもない水音が激しく響き、ふたりの行為をさらに艶めかしいものにしている。

もう少し、あと少しで、アレクサンダーはとてつもない歓喜にのみ込まれる。出入りの速度を上げながら、それがはっきりとわかった。

「マリオン……」

かつて、性行為の合間に、相手の名前を呼んだことなどあっただろうか？　ましてやこんな、クライマックスの直前に？

しかし、アレクサンダーの唇は、何度も何度も無意識にマリオンの名をささやき続けた。やがて絶頂が来ると、呪文のようだったささやきは絶叫になり、マリオンも同時にアレクサンダーの名を叫んだ。

アレクサンダーは間違っていなかった。想像を超える喜びに全身全霊が打ち震える。もはやこれが、肉体的な意味しか持たない性行為ではないのは明らかだった。

この愛を心から受け入れ、未来を見すえるべき時が、来たのかもしれない……。


どのくらいの間、まだ縛られたままのマリオンをアレクサンダーが抱きしめてくれていたのか、時間の感覚が曖昧《あいまい》になっていく……。

まるでマリオンを外界から守るようにしっかりと抱き包み、長い手足を絡ませたまま、アレクサンダーはほとんど身動きしなかった。

マリオンが身じろぎしようとすると、短く「しー」という音を出して彼女の動きを封じたが、それ以外になにか喋ることも一切なく。

アレクサンダーはただ、マリオンの存在と、ふたりの間で起こったことの名残をいつまでも大事に抱きしめているように思えた。

（自惚れかしら……。でも……）

どんな男女も、交わりのあとはこんなふうに親密で温かく、それでいてくすぐったい時間を過ごすものなのだろうか？

マリオンはマダムから、事後、男たちが急に冷たくなったような気がしても、それを指摘したり、ましてや文句を言ったりしてはいけないときつく言い渡されていた。

そういうものなのだ、と。

男は女を抱いたあと、その女と必要以上に親しくするのを避けたがることが多々ある、と。

それを聞いた時、マリオンは、なんて寂しいことなのだろうと思った。これから金で身を売ろうとしている身で比べるのもおこがましいが、父と母がそんな関係だったとは思えなかったからだ。

たとえ買う、買われるという関係でも、いくらかの心の交わりがあってもいいのに……と、そう思っていたのだ。

でも、これは……想像以上で。

「そんなふうに動いてはだめだよ、マリオン」

まるで寝起きのようなかすれた色っぽい声を耳元にささやかれて、マリオンはぴたりと動きを止めて、息をひそめた。

「……また抱きたくなってしまう。まずいな。早くこの縛りを解こう」

「は、はい……」

アレクサンダーは、彼の大柄な姿形からは想像できないような優雅な動きをする。名残惜しそうにマリオンを見下ろしたあと、彼はするりと抱擁を解いて、四方の支柱にくくりつけられている黒革の紐を解いていった。

やっと自由に手足を動かせるようになって、マリオンはゆっくりとシーツの上で上半身を起こした。

手首と足首にはまだ、紐が巻かれたままで、それが妙に不埒で生々しく思える。

「これを、取ってもいいですか……？」

「君が動く必要はないよ。俺に任せて。さあ、手を出して」

マリオンは言われるままにアレクサンダーに手首を差し出した。

彼は器用に縛りを解くと、マリオンの肌に残った桃色の痕をじっと見た。そしてそっと目を閉じると、まるで騎士の忠誠の誓いのような口づけを、マリオンの手首の内側に優しく落とす。

「あ……」

胸がきゅっと苦しくなって、マリオンは切ない吐息を漏らした。

ついさっきまで、あれほど激しい濡れごとに溺れていたというのに、なぜかこの口づけの方がもっと……禁断であるかのような、不思議な感覚にとらわれる。

もう片方の手首と、両方の足首、アレクサンダーはその四ヵ所に、同じような厳かな口づけを与えた。

そして最後に、彼は「ありがとう」と言った。

「どうしてお礼なんて言うんですか？」

マリオンは首をかしげ、微笑みながら問うた。

「わからないなら、今はまだわからないままでいい……。ただ覚えておいてくれ。今、君を抱いたことは、俺にとって君が思う以上の意味があったことを」

アレクサンダーもまた、どこか晴れ晴れとした表情で微笑んで答えた。

彼は両手でマリオンのほおを包み、ゆっくりと、ついばむような口づけをする。マリオンもそれに応えて、首を反らしながら彼の唇を受け入れ、味わった。

口づけは次第に深くなり、マリオンは思わず身をくねらせた……その時、下腹部に不自然な痛みと、ぬるりとした生温かい感触がして、短い悲鳴を上げる。

「あ……ご、ごめんなさ……っ」

マリオンの股の間から、赤い鮮血が筋になって流れていた。破瓜の証だった。

よく考えれば当然のことであるのに、その時のマリオンにはひどく恥ずかしいものに思えて、アレクサンダーから身を引く。

アレクサンダーは不審な顔をして、なにがマリオンを叫ばせたのか確認するためにシーツに視線を落とした。もちろん彼はすぐに赤い血の流れを発見した。

「痛むかい、マリオン？」

口調は優しかったが、眉間に皺を寄せた厳しい表情のアレクサンダーは、マリオンを怯えさせるのに十分な迫力があった。

思わず逃げるように腰を引き、シーツを手に取って隠そうとすると、ぐっと手首を摑まれる。

「隠す必要はない。俺から離れようとしないでくれ」

「でも、汚してしまいました。洗わないと……」

「もし自覚がないなら言っておくが」

と、前置きして、アレクサンダーはマリオンの目を真摯に覗き込みながら言った。

「これは、君が汚したんじゃない。俺が君を奪った証拠……つまり、俺がやったことだ。君が隠したり負い目を感じたりする必要は一片たりともない」

そして、マリオンが手にしようとしていたシーツの端を引き寄せると、彼女の太ももに伝う真紅の線を優しくぬぐった。

「アレクサンダー……あ、あの……」

「君をゆっくり湯船に浸からせてあげなくては。隅々まで洗ってあげるよ。それから最高の料理をたっぷり運ばせて、東方の姫のように君を甘やかしてあげよう」

果たして、アレクサンダーは有言実行の男だった。

ひとつ、ひとつ、言った通りのことをやってのけ、その日一日中マリオンを甘やかして過ごした。

第六幕　夢をたゆたう

そうしてはじまったふたりの蜜月は、マリオンの今までの人生の中で、一番幸せな時間だった。

はじめてアレクサンダーに抱かれてからの七日間、ふたりは明け方から夕暮れまで、ひたすらにお互いを求めて時を過ごした。

アレクサンダーはさまざまな形でマリオンを縛り、数えきれないほどの方法で愛撫をほどこし、何度も何度も、彼女を絶頂に導いた。

《アフロディーテ》の客室にはアレクサンダーの嗜好を満たすさまざまな仕掛けが隠されていて、マリオンはそのほとんどを、その身をもって試されることになった。

マリオンはアレクサンダーの完全な愛玩物だった。

そしてマリオンはそれを受け入れた。

でも同時に、ふたりの間にはそれだけではない、なにかがあった。少なくともマリオンはそう感じている。

そう思いたい……だけかもしれないけれど。


「ふ……ふぁ……、あぁ……ん、だ、だめ……もう、イ、ァ」

大きな全身鏡の置かれている壁の前で、マリオンは天井から吊るされた滑車のような仕掛けから伸びた縄に、両手首を組まされて縛られていた。

その縄は、まるでマリオンの体に巻きつく蛇のように、上半身から股に向けて続いていた。胸の上下に回された上に、腹部に複雑な交差を描き、恥部まで結び目があった。

足は縛られていないが、つま先が床にやっとつくか、つかないかという高さに吊るされているので、均衡が取れなくて自由にはならない。

「鏡から目を逸らすな……。よく見てごらん、君がどれだけ感じているのか」

「ひぁ……ん！」

アレクサンダーは背後から忍び寄り、マリオンの乳房を両手で揉み、人差し指の先で硬くなっていく蕾を無慈悲にいじめた。ふたつのたわわな膨らみはアレクサンダーの手の中で形を変えられ、上や下に揺らされて快感をさらに誘発する。

縄のいましめに捕らえられた胸は、艶美にいたぶられた。

そのすべてを、マリオンは自分の目で見なければならなかった。

全裸となって、はかなく手首を拘束され、天井から吊るされる自分の姿を。アレクサンダーに出会う前は考えられなかった、あられもない己の痴態を。

それでも鏡に映るマリオンは、紅潮したほおと、うっとりとした瞳でアレクサンダーの言いなりになっている。

彼の動きひとつひとつに過敏に反応し、ぴくり、ぴくりと肢体をひくつかせ、教え込まれた快楽にすっかり溺れきっている……。

「言ってごらん……。なにが見えるのか……俺が、君に、なにをしているのか」

背中の下の方に、鉄の塊のように硬く勃起したアレクサンダーの男性部分が押しつけられ、マリオンは身震いした。

彼の愛撫はどれも素晴らしい。でも、雄々しくそそり立つ彼自身を激しく挿入される時の興奮にはなにも敵わなかった。

彼が欲しい、と本能がうずく。でも、今、彼を受け入れたら、それだけで簡単に達してしまいそうで……。

「あ、ぁ……むねを……いじめ、られて……たくさん……」

「そうだ。この可愛いふたつの蕾がどうなっているか、言ってごらん……」

アレクサンダーは乳首をぎゅっと意地悪に摘んで引っ張った。唐突に与えられた強い刺

激に、マリオンは唇を噛もうとしたが、完全に翻弄されている肉体はそれさえもうまくできなかった。

「か……たく、なって……いっぱい……感じ……ヒッ」

強く引っ張られながらひねられた胸の先端は、赤く充血して、ありえないほど敏感になっている。アレクサンダーはそこを、マリオンが壊れそうになるくらいまで戯弄《ぎろう》した。

快楽で人が壊れるなんて、信じられなかった。

でも、マリオンは今まさに、そうなろうとしている。今だけじゃない。もう何度もアレクサンダーの手によってそんな禁断の淵まで導かれた。

マリオンの限界が近づいてくるのを見ると、アレクサンダーは火照りきった胸を解放し、片手で彼女の腹を押さえ、もう片方の手を股の間の秘境へ滑り込ませた。

そして、そこをくぐっていた縄と結び目をずらし、指を動かす。

「んあ……っ！」

すぐに水音が響き、マリオンがどれだけ彼を待ちわびていたかを如実に告白する。クチュ……早く。グチュ……もう、耐えられない。

「ここは……どう感じる……？」

くぐもった荒い呼吸の合間に、アレクサンダーが問う、質問の数々。まるでマリオンの反応がなによりも大切であるかのように、彼はこういった問いを繰り返した。

「しって、る……くせに……」

「君の言葉で聞きたい……。マリオン、君は今、なにを感じている……？」

「ふ……ァ、もう、ゆるし、て……」

鏡には、すっかりメスとなったマリオンが映っている。官能に踊らされ、アレクサンダーに触れられるだけでよがり声を上げ、喜悦に震える堕ちたメス……。

その背後にはアレクサンダーがいた。

彼はマリオンを抱く時、まるで苦しんでいるような表情をすることがある。苦しんでいるのか悦んでいるのか判別のつかない複雑な顔で、狂おしくマリオンを求める。

鏡に映ったアレクサンダーはまさにそんなふうだった。

（どうして……？）

彼の手がマリオンの肌を這う。

唇は首の横に寄せられ、時々、舐めたり、軽く歯を立てたりしながら、荒い息を吹きかけられた。激しい愛撫とは違うそんな触れ方も、マリオンを高めるには十分だった。

自分の体がこんなに感度が高かったなんて……。

（違う……これは、アレクサンダーだから……。彼だからこんなに感じる……の）

油断をしていると、アレクサンダーの指が一気にマリオンの中へ進入してきた。人差し指と中指の、二本。

「んぁ……っ、い、いきなり、そんなに……ヒッ」

アレクサンダーはもうマリオンの最も敏感な場所を知っている。すでに幾度も開発されたそこは、軽く引っ掻かれただけでも腰が跳ねてしまうような強烈な刺激をマリオンの肉体へ送る。

それを、二本の指によって丹念にいたぶられては、ひとたまりもなかった。

絶頂に達して声を上げ、肢体を震わせるマリオンを、アレクサンダーは背後からきつく抱きしめる。そうしてくれないと、均衡の取れない体勢のマリオンは不憫なほど翻弄されてしまうと彼は知っているのだ。

アレクサンダーはそうして、マリオンの激しい震えが収まるまで、彼女をぎゅっと抱いていた。

――でもこれは終わりではない。

はじまりでしかないのだ。

これからまた狂乱の宴がはじまる。

アレクサンダーとマリオンだけの、見境のない快楽の宴。

はー、はー、と切れ切れにかすれた息を漏らすマリオンの口を、アレクサンダーの唇が塞ぎ、奪う。

そこに愛の言葉はなくても、アレクサンダーの抱擁はいつも情熱的で、マリオンを心の底から温めた。つかのまの休息が終わると、アレクサンダーの瞳が意味深に妖しくきらめいた。

アレクサンダーは背後から正面へ移り、すでにはだけていた白いシャツを乱暴に脱ぎ捨てると、ズボンの前を開いて力強い肉棒を解放した。

そこはマリオンの内部を求めて、すでに太く硬く、上を向いていた。先端にはわずかに透明な粘液が染み出していて、これまで彼がどれだけ自制してくれていたのかを、どんな言葉よりも如実に物語っている。

アレクサンダーはマリオンの腰を摑むと、欲望の剣を彼女の入り口に宛てがった。

「ふ……っ、ア、あぁ……」

ずぶり、と、彼のものが自分の体内に収まる瞬間。

この瞬間の、絶対的な……熱……圧迫……アレクサンダーの汗の匂い……繋がった部分から漏れる淫らな音……。

マリオンは底のない深い海に溺れた。

きちんと息もできない、体も自由に動かない世界なのに、不思議な満足と興奮に沈んでいく。

アレクサンダーほどの長身でなければ、この格好で結びつくのは難しかっただろう。実際、彼はマリオンが逃げてしまわないように、痛いほど強く彼女の腰を抱えながら突き上げてきた。

それがさらなる刺激をマリオンに与えるのを、彼は知っているのだろうか？

「あぁ……こん、な……だ、だめ……ぇ」

享楽の海は荒れ、マリオンと、そしてアレクサンダーを光の届かない海底まで落としていく。

できるなら彼にしがみつきたかった。彼の背中を抱きしめ、その黒髪に指を通しながら抱かれてみたい。しかし拘束はそんな自由をマリオンに与えてはくれず、ひたすらに翻弄されるばかりだった。

鏡にはもう、アレクサンダーの顔は映っていなかったから、彼の表情はわからない。野獣のような激しさでマリオンを抱く彼の背中と、あまりの官能に壊れてしまわないように耐える、頼りない自分の姿が見えるだけだ。

ふたりはひとつだった。

たとえどんな形であろうとも。

これが愛でも、肉欲でも、アレクサンダーは強烈にマリオンを求めていた。マリオンはそれに応える。

ゆさゆさと揺さぶられ、再びの絶頂にさらわれ、アレクサンダーの白濁を体内にのみ込むまで、マリオンは溺れ続けた。

アレクサンダーと体を重ねる行為が、深い海に溺れていくようだとすれば、ことが終わったあとに過ごす彼とのひと時は、まるで夢の中をたゆたうような……穏やかでゆったりとしたものだった。

その宵、アレクサンダーはマリオンを緊縛から解放したあと、柔らかく白いシルクのシーツで彼女の体を包んだ。

寝台ではなく長椅子に横たわり、シーツに包まれたマリオンを腕に抱く。

近くの化粧机の上には、クリスタル製デキャンターいっぱいの琥珀《こはく》色の酒が用意されており、貝や花の模様が細かく彫られた美しい銀のお盆の上に載っている。

マリオンはいまだに、アレクサンダーが飲酒するところを見たことがない。

彼は大人の男性だし、彼ほどの富や地位があれば、良質な酒や葉巻をたしなむのが普通だった。

「君が飲みたいなら、飲むといいよ。注ごうか」

「え？」

「あれをじっと見ているから」

アレクサンダーは銀のお盆に載ったデキャンターを顎で指した。

「いいえ、自分で飲みたいわけじゃないんです。そういえば、あなたが飲んでいるのを見たことがないなと思って……」

物欲しそうな顔をしていたのだろうか。マリオンはそっぽを向いて、ほおを染めながら説明した。アレクサンダーは片眉を上げて、じっとマリオンの横顔に見入っている。

「ここのところ俺はもう十分に酔っているから、これ以上変なものを口に入れて正体を失うようなことはしたくないんでね」

「酔っている？　あなたが？」

「ああ、君に」

アレクサンダーは穏やかにうなずいた。

マリオンのほおはさらに赤みを増した。それこそ酒を飲んだあとのようになっていたことだろう。

そんなマリオンを見て、くすりと微笑むアレクサンダーは満足げだった。

「普段は少し飲むよ。ただ、ここで君といるのに、酒が必要だとは思わない」

「まぁ……」

どう反応していいのかわからなくて、マリオンは曖昧に答えた。

一旦拘束を解くと、アレクサンダーは性的な意味でマリオンを求めることはなかったから、こうして過ごす事後の休息は安らかなものだった。

マリオンは時々、こうした中でまどろみ、アレクサンダーの腕の中で眠ってしまうことさえある。

激しかった行為の疲れでうとうとと船を漕ぎはじめたマリオンの髪を、アレクサンダーの指が撫でたり、梳いたりした。

その同じ指で何度も絶頂に導かれたことを思うと、髪を触れられる行為もまた、ひどく官能を連想させるものだった。

「……どうして君のような女性が、今日まで結婚しなかったのかな」

ぽつりと、アレクサンダーがつぶやいた。それはマリオンに対する質問というより、アレクサンダーの独り言に近い響きがあったので、すぐにはピンとこなかった。

「どういう意味ですか……？」

「いや……そもそも、どうして君は今まで結婚しなかったのか、と思ってね。お父上がご存命の頃はきちんとした家庭だったんだろう？　良家の子女なら、十代のうちに嫁ぐ女性も少なくない。美人は特に、ね」

睡眠に向かってうとうとと靄《もや》がかかってきていた頭の中で、マリオンはおぼろげに当時のことを思い出そうとした。

あまり、いい思い出とはいえない。

「わたしが美人かどうかについては、議論の余地があると思いますけど」

「君を見て美しいと思えない男は、視力に問題があるんだろうな。君の半分も魅力的でない女性が、その『美しさ』とやらゆえに、貴族や実業家の妻になっていくのを何度も見てきたよ」

「…………」

マリオンはひとりの青年の姿を思い出した。

柔らかい金髪に細身の体。青い瞳。とっておきの美男というほどではなかったが、まるで絵に描いたような典型的な上流家庭の好青年……。

「……婚約者が、いたんです。父が亡くなって、借金を背負っていることがわかった時、破談になりましたけど」

髪をいじるアレクサンダーの手が止まった。

「なんだって？」

あまりにも不穏な声色で、まるで怒っているようにさえ聞こえた。マリオンはまごつき、肩をすくめた。

「おかしいですか？　社交界にデビューしてすぐ、最初に求婚してくれたのが彼だったんです。あとから知ったところによると、それは半分仕組まれたようなもので……彼は、わたしをダンスに誘えと、ご両親からなかば命令されていたそうなんですけど」

アレクサンダーは口を挟まなかったが、奇妙なうなり声を喉の奥から鳴らした。

「……彼のことが好きだったかといえば、それは違ったと思います。もちろん好意は持っていましたけど、あくまで友人としてのものでした。でも、当時のわたしはそれで十分だと思っていたんです。だって……」

――だって、わたしはまだ愛を知らなかったから。

こんな切なく、熱い想いが存在するなんて、知らなかったから。

ただの友人としての好意を、恋かもしれないと勘違いできるほどに、無知な小娘だったから……。

「と、とにかく……。彼とは家族ぐるみのつき合いでした。だから当時、別の男性がわたしに声をかけようとはしなかったんです。でも父が急死して、借金があることが判明して……」

「俺がその坊やなら――」

ギリリと歯ぎしりをしながら、アレクサンダーは忠告した。

「――君と、君の母君の借金を肩代わりするために、あらゆることをしただろう。俺は君の家族の借金を清算し、君と結婚して、めでたし、めでたしとなるわけだ」

「ふふ」

夢のような筋書きだ。おとぎ話。

アレクサンダーは実際的で現実的な人だと思っていたので、マリオンは小さく笑った。

「マリオン、ここは笑うところではないよ。冗談を言ったわけではないのだから」

アレクサンダーはマリオンをたしなめるようにからかった。

「そうですね、アレクサンダー。あなたに愛される女性はとても幸せなのだろうと思います」

一瞬、アレクサンダーは体を硬くして口を引き結んだ。しばらく沈黙したあと、ぽつりとつぶやくように問う。

「……しかし、現在、君が《アフロディーテ》にいるところを見ると、そうはならなかったんだね」

「そういうことです」

「その男は馬鹿だよ」

「そうでしょうか？　彼は長男でしたから、ご家族の面倒を見る義務がありましたし、結婚のためにお金を払うなんて聞いたことがないわ。普通は花嫁の家族から持参金をもらうんですから」

「ふん、自分ではろくに金を稼げない貴族や、既存の上流階級が考えそうなことだ。俺は違う」

「それは……」

確かに、彼ならまったく違う道を選んだかもしれない。

ベルモンド伯爵はアレクサンダーを『新興成金』と呼んでいた。故郷の東方の国では裕福な家庭の出自だったというが、この国に来てからは一から事業を起こし、その才覚で成功してきたということだ。

　彼の頭の回転の速さや、堂々とした立ち居振る舞い、大胆さを思えば、不思議なことではなかった。

　でも、その陰には、想像を絶するほどの努力があったはずだ。

　そんな彼がもし誰かを愛したら、その時はきっと……。

「あなたは？　あなたはどうして結婚していないのですか？」

　不躾《ぶしつけ》な質問が口から勝手に出てしまって、マリオンはすぐに慌てた。娼婦が客にするような質問ではない。特に《アフロディーテ》では《ミューズ》に、客のプライベートを尊重しろと厳しく教えている。

「ご、ごめんなさい……。変な質問をしてしまって……」

「いいよ、別に気にすることはない。先に聞いたのは俺なのだから」

　そう言って、アレクサンダーは今一度、マリオンの髪に触れはじめた。まるでその行為になにか深い意味があるかのように。

　彼はしばらく考え込んでいたようで、指の先にマリオンの赤みがかった金髪を絡める以外のことはしなかった。

　そしてふと、シーツの上にあったマリオンの手を取った。

若く白い肌に走る、濃い桃色の縄の痕……アレクサンダーの欲望の証が、くっきりと刻まれている手首に、優しく触れる。

血は出ていない。それについては、アレクサンダーは細心の注意を払って怪我のないようにしてくれていた。でも痛々しい印であることには変わりない。

「俺はこんなふうにしないと女を抱けない。ひとりの女性に、生涯、そんな苦痛を強いるような真似はしたくないんだ」

まるで極度に喉が渇いているようなかすれた声で、アレクサンダーがつぶやく。

「でも……」

「ちなみに言えば、俺はもう三十歳になるが、生涯の愛を誓いたいと思えるような女性に出会うことはなかった。どこかの貴族のように金のために結婚する必要もないし、愛してもいない女性と一生ひとつ屋根の下で暮らしたいとも思わない……」

そして、最後にぽつりと続けた。

「……多分、俺は人を愛せないんだ。そういう感情を持つことは、もうとっくの昔に諦めている」

悲しくて、寂しい告白だった。

アレクサンダーは平静を装っていたが、彼の言葉は重く、もし声に形があるとしたら、触れるだけで肌が切れてしまいそうな鋭さを持っていた。

彼ほどの人物が、過去の悲劇のせいで人生の伴侶を探すことを諦めるのは、あまりにも残念に思えた。もし彼の家族を襲った不幸がなかったら、彼は今頃、祖国で父親の事業を継いで幸せに暮らしていたことだろう。

もちろん結婚もして、もしかしたらすでに小さな子供が何人か、彼の足元に走り回っていたのかもしれない。

きっとアレクサンダーは厳しくも愛情深い父親になる。その機会が永遠に失われたとは思いたくなかった。

マリオンは彼の瞳をまっすぐ見つめて、自分の恋が失われる切なさと、彼の幸福な未来を天秤にかけた。どちらが重要であるかは明らかだった。

アレクサンダーには幸せになって欲しい。

その先に、自分がいることはないだろうけれど。でも。

「そんなことありません……。あなたはいつか愛する人に出会います。そして幸せになるわ。諦めないで」

アレクサンダーは答えなかった。

ただ、まるでマリオンの瞳の中に彼の求める答えが浮かんでいるとでも言いたげに、じっと探るように彼女を見つめる。

アレクサンダー・アヴェンツェフは美しい男性だった。容姿だけではない。その心も、魂も。きっとその気高さゆえに、必要以上の重荷をその肩に背負っている。

（でも、わたしは《ミューズ》だから……。もう汚れてしまったから……）

彼の伴侶に選んでもらえることは、ないだろう。でも、たとえかりそめの三週間だけでも、この素晴らしい男性と時を共有できたことを……幸せに思う。

ふたりの時間に終わりが来たら、その時は、この三週間の思い出を胸にひっそりと独り身で生きていかなくては。

「どうか、諦めないでください。あなたの心の傷を癒やす素敵な女性が、きっと現れますから……」

マリオンは繰り返した。

アレクサンダーからの答えは、再びの沈黙だった。ただ、どこか苦々しげに眉間に皺を寄せていたけれど、彼の胸の内はわからない。

——わからないで、よかった。

もしアレクサンダーの胸中を覗けて、彼が他の女性と結ばれる未来予想図を見なければならないとしたら、マリオンの心は砕けてしまう。

マリオンはそこまで強くはなかった。

結局、アレクサンダーは、

「今日も疲れただろう。もう寝ようか」

とだけぽつりと言い、マリオンを横抱きにすると立ち上がって寝台まで彼女を運んだ。そして、壊れやすい宝物のように大切そうにマリオンを横たえると、自らもその隣に横になってつぶやいた。

「おやすみ……」

と。

最後にひと言、聞き取れないくらいの小さな声でなにかを言い足していたが、はっきりとはわからなかった。

――それが「愛する人」だったような気がするのは、多分、マリオンの願望が作り出した幻聴だったのだろう。

翌朝、マリオンはまたからっぽの寝台で目を覚ました。

しかし、不安になってあたりを見回すと、すぐに彼の気配を感じ取った。洗面台のある小部屋の扉が開いていて、水の流れる音がする。

アレクサンダーがヒゲを剃っているのだと気がついて、なぜかほっこりとした温かい気持ちになった。

好きな男性の些細な日常に触れるのは、くすぐったくも嬉しいものだ。

自分が裸であるのに気がついて、シーツをたぐり寄せて体に巻きつけると、ゆっくりと足音を立てないように寝台を下りた。

靴や室内履きを履いてしまうと音がするのがわかっていたから、マリオンは裸足のまま開いている扉に向かった。

《アフロディーテ》はすべてにおいて最新の設備を用意していたから、一般の屋敷ではまだ珍しい熱いお湯の出る蛇口がある。

アレクサンダーはそれを出しっぱなしにしているようで、流れる水音が小部屋中に響き、マリオンが近づいてくるのには気づかないでいた。

マリオンはこっそりと顔を出し、ヒゲを剃るアレクサンダーの姿を盗み見た。

（わ……）

小さな寝癖がついたままの髪に、下に黒いズボンを穿いただけの半裸姿でアレクサンダーは洗面台の前に立っていた。石鹸の香りと湯気があたりに充満している。

アレクサンダーは短い持ち手のついた刃で、慎重に顎の下あたりを剃っていた。そのため、顔を上げて首を露出させなければならず、男性的で魅惑的な喉仏の輪郭がくっきりと見えた。

少し目を細めて、細かい作業を続けるアレクサンダーは妙に無防備に見えた。

いつになくリラックスしているようにも思える。

こそばゆく感じて、マリオンはシーツで口元を隠しながらも、じっとそんなアレクサンダーを眺めていた。

ああ……もし永遠にこの光景を見つめていられるのなら、どんなことでもしてしまいそう……。

「見てばかりいないで、こっちに来たらどうだい」

「えっ！」

唐突に声をかけられて、マリオンは飛び跳ねそうになった。

気がつくと彼の視線は鏡越しにマリオンの方へ向けられていて、ニヤリとしか表現できないような含みのある笑みを浮かべている。

綺麗にヒゲを剃り落とし、さっぱり清潔になったアレクサンダーは、夜の淫らな彼とはまた違う色気に溢れていた。控え目にいっても、うっとりと見惚れてしまう容姿だ。

マリオンは自分がまだ、寝起きそのままの姿であることを恥じた。

「そっ、そんなことできません……。失礼します！」

そう言ってマリオンが逃げようとすると、アレクサンダーは素早く振り返って彼女の手首を掴んだ。

はらりとシーツが床に落ちて、足元に小さな山を作ったせいで逃げにくくなっただけでなく、アレクサンダーとマリオンの力の差は勝負にもならない。さらに始末の悪いことに、マリオンは本気で逃げたいとは思えなかった。

彼の腕に捕まえられて、裸の全身をぐっと引き寄せられる。

「君は好奇心旺盛な仔猫だ。触ってみたいかい？」

マリオンが答える前に、アレクサンダーは彼女の両手をピタリと剃ったばかりのほおに当てた。わずかに無精ヒゲの生える夜とは違い、柔らかくてすべすべとしていて、石鹸の香りがする。

心臓がどくんと跳ねた。体の奥に、小さな炎が宿る。

「ここではまだ……君を抱いていなかったかな……」

小部屋に併設されているバスタブにちらりと意味深な視線を流したアレクサンダーは、欲望を隠そうとはしなかった。

もちろん、彼の男性部分はまだ反応していないけれど。

「で、でも……あそこではわたしを縛れないわ」

「方法ならいくらでもある。想像力を働かせてごらん、好奇心たっぷりの仔猫さん。君の手足を拘束してお湯の中で可愛がってあげてもいい。それとも、そこの布掛けを軸に君を縛りつけてもいいかもしれない……」

「あ……」

想像するだけで肌が火照りはじめる。

彼の言葉通りに縛られ、あたりを白くする湯気の中で感じやすい性器を限界まで刺激される自分の姿が思い浮かぶ。翻弄されて、堕とされて、そして救われていく……その過程がまざまざと目に浮かんだ。

「だめ……」

「水の中では五感がさらに敏感になると言うね。感じやすい君が、一体どうなってしまうのかな……」

アレクサンダーはマリオンの耳元に唇を近づけて、そっと「試してみたいな」とつぶやいた。

背筋が震えて、手足から力が抜けていく。アレクサンダーの魔法に搦め捕られてしまったような気分だった。

マリオンはもう一度「だめ……」とささやいたが、それは彼女の本心を映すように、誰にも聞き取れないほどの小さなかすれた声にしかならなかった。

このまま……。

ふたりの唇が重なろうとした瞬間だった。

突然、客室の入り口の扉が強く叩かれた。アレクサンダーはチッと舌を鳴らして無視しようとしたが、ノックは執拗に続いた。

明らかにいつもの使用人とは違う叩き方だ。

「くそ……フロックウェルか……。すまない、マリオン。出なければいけないようだ」

「い、いえ……どう、ぞ」

結局、アレクサンダーはマリオンのほおに軽く触れるだけの口づけをして、洗面台とバスタブのある小部屋から出ていった。しかし、すぐにハンガーにかかったドレスのひとつを持って戻ってくる。

「これを着ておくといい。裸の君は魅力的だが、他の男に見せるわけにはいかないんでね」

そして、パタンと小部屋の扉を閉めた。

熱くなりはじめた体を放置された形になって、マリオンは渡されたドレスを胸の前に抱えて身悶えした。

それでも、まだ行為が本格的にはじまる前だったことに感謝するべきだろうか？ もしすでに縛られ、愛撫を受けはじめたあとにノックがあったら、マリオンはそれこそ、悶え苦しむことになっただろう……。

(もう、わたしったら！ はしたないことばかり考えて……！)

マリオンは慌てながらドレスを着込んで、洗面台の上にかけられている鏡で自分の姿を確認した。ほおは桃色に染まっていて、瞳はほどよく潤んで輝いている。髪は艶やかで……まるで……恋に浮かれている少女のようだ。

「…………」

アレクサンダーと出会って、すでに二週間近くが経っている。彼と過ごした時間はマリオンにとって魔法のようだった。もしくは、夢。

《アフロディーテ》で体を売ると決めた日から、マリオンはこの三週間は人生最悪の三週間になると信じて疑っていなかった。

それでも、母を守るためなら……と、決心したのだ。

それが蓋を開けてみれば、この三週間はマリオンの生涯で最高の時になりそうだった。きっとマリオンはこれからの一生を、アレクサンダーと過ごした、この小さな箱庭での三週間を心の糧にして生きていく。

信じられないことだった。でも、現実だ。

ドレスの皺を伸ばし、来客に見苦しくないように髪を整えてから、マリオンは耳をそばだてて外の音を聞いた。

アレクサンダーと誰かが会話をしているのがぼんやりと聞こえてくる。男性の声だから、やはりフロックウェルだろう。しかし内容までは聞き取れなかった。

最後にもう一度、鏡を確認すると、マリオンはそっと扉を押し開けてアレクサンダーと客人のいる部屋に足を踏み入れた。

マリオンが外に顔を出すと、そこにはやはりフロックウェルがいた。眼鏡の秘書は前回と同じスーツ姿で、マリオンを見ると嬉しそうに表情をゆるめ、頭を下げる。

「こんにちは、ミス・マリオン。今日もあなたは綺麗だ。できれば一日中眺めていたいくらいですが、人のナントカを邪魔すると、馬に蹴られて死ぬと言いますからね。少しの間だけアレクサンダーをお借りしますよ」

アレクサンダーが秘書に鋭い視線を送る。

マリオンは曖昧に微笑み返した。

そして、前と同じように椅子に座って本を読みはじめた。正直なところ、アレクサンダーによって熱くさせられたマリオンの体は、おとなしく読書をしていられる状態ではなかったけれど。文字の羅列がひどく難しいものに見え、内容がまったく頭に入ってこない。

マリオンは静かに耳をそばだて、男ふたりの会話に聞き入っていた。

単調な仕事の話ばかりだが、アレクサンダーの声が聞こえるだけでマリオンの胸は躍る。彼の低い声はマリオンを潤し、同時に切ない気分にさせた。

マリオンの心は完全にアレクサンダーに捕らわれている。心だけでなく、体も。

話が終盤に近づいてくると、フロックウェルは書類から顔を上げて言った。

「それから、ベルモンド伯爵の件についてですが……」

ベルモンドの名前が出て、マリオンのうなじの毛がピンと立った。

思わず、本から顔を上げて、ふたりの方を振り返る。案の定、アレクサンダーはマリオンの方を心配げに見ていた。

それだけではなく、フロックウェルも同様の表情でマリオンに目を向けていた。

「彼がどうかしたのですか？」

ふたりの会話に口を挟むつもりは一切なかったのに、マリオンは思わず聞いてしまった。

「なんでもないよ。彼は我々のビジネスを邪魔していると話しただろう？　それについてだ。君は心配しなくていい」

アレクサンダーは答えたが、隣のフロックウェルはどこか釈然としない顔で雇い主をじっと見つめる。

「……政界や官憲にコネのある探偵を使って、調べさせています。こちらが調書です。あなたが予測されたのとほぼ同様の結果になりそうですよ。証拠をすべて揃えるまで、まだ数日かかりそうですが……」

「では、急がせてくれ。金はいくら使っても構わない」

「そうおっしゃると思いましたので、すでに指示してあります」

マリオンはできるなら、ふたりに詰め寄って詳しく教えてくれと叫びたかった。でも、そんなことをするわけにはいかない。

代わりに黙って、ただじっと不安げな瞳を向けていると、フロックウェルは急に穏やかな顔つきになってマリオンに微笑んだ。

「さて……仕事の話はこのくらいでお終いです。おふたりでお楽しみのところを大変失礼いたしました、ミス・マリオン。またお会いできるのを楽しみにしております」

フロックウェルは足元に置いてあった革カバンを持ち上げ、マリオンに近づいてくる。

マリオンは慌てて立ち上がった。

「またお会いできるかどうかは、わかりませんけど……。今日はお会いできて光栄でした。ミスター・フロックウェル」

マリオンはまた膝を折り、フロックウェルは手にした帽子を胸元に当てて頭を下げた。

「いいえ、きっとまたお会いできるでしょう。わたしがアレクサンダーに首にされない限りはね。わたしの勘はよく当たるんです」

「まぁ……」

フロックウェルはわずかに屈み、声を落として続けた。

「わたしは業務上、秘書という立場ですが、アレクサンダーのことは友人だと思っています。長年アレクサンダーのことを知っていますが、彼がひとりの女性とこんなに長く時を過ごすのははじめてですよ。それもあの仕事の虫が、大事な契約締結をいくつも蹴ってまで……」

「え」

「フロックウェル、用事がすんだならさっさと帰れ」

アレクサンダーは苛立ちに満ちた声で告げて、両腕を胸の前で組んだ。眼鏡の奥にひそんだフロックウェルの瞳は楽しそうに輝いている。

「男の嫉妬は見苦しいですよ、サーシャ」

「出・て・行・け！　そしてさっさとあの着飾った豚伯爵の尻尾を捕まえてこい！」

「おお、怖い。では失礼しましょう」

フロックウェルに反省の色は見えなかった。その様子がおかしくて、マリオンはつい、くすくすと笑ってしまう。

帽子を被るとまた一礼したフロックウェルは、退室するために扉へ向かった。

最後に思い出したようにくるりと後ろを振り返り、マリオンではなくアレクサンダーの方へ視線を向け、ひょうきんに顔を崩す。

「わたしがあなただったら、ぐずぐず迷っていないでとっくに心を決めていますね。彼女のような女性は億にひとつの存在です。砂漠の中に隠れた一本の針を見つけたんだ。誰かに取られるようなことがあってからでは、遅いですからね」

「早く仕事に戻れ！」

「はいはい」

フロックウェルはやっと客室をあとにした。扉が閉まると、残されたふたりは気まずい沈黙に包まれる。普段は聞こえないような小さな音……呼吸や鼓動が、いやにうるさく空間に響いた。

聞きたいことがありすぎて、どこからはじめていいのかさえわからない。

アレクサンダーはフロックウェルが持参した書類を読むふりをしていたが、それが居心地の悪さを誤魔化すための演技であるのはすぐに気がついた。

少し滑稽な気さえして、マリオンは静かに指摘した。

「アレクサンダー……。あなたはいつから、一枚の書類を読むのにそんなに時間がかかるようになったのですか？」

アレクサンダーはぐるりと目を回し、諦めのため息を吐いた。

「君には隠せないな」

「なにか、隠す必要があるのですか？」

「いいや。ただ、現時点では、教えられないことがいくつかあるんでね……」

まるで夫婦の会話だわ、と思いながら、マリオンは辛抱強く彼が続きを語るのを待った。

アレクサンダーは読むふりをしていた書類の束をテーブルの上に置き、じっとマリオンを見すえた。

「ベルモンド伯爵の件だが、俺たちは奴の汚職の証拠を集めつつある。しかるべき場所で日の目を見れば、奴は議会から失脚することもありえるだろう。つまり……君と母君をゆすり続けるだけの権力を失う可能性があるということだ」

「まぁ……。でも……」

「わかっている。これだけでは君の不安を払拭するには十分じゃない。たとえ権力を失っても、奴にはまだいまいましいほどの財産があるから」

ここでアレクサンダーは一旦言葉を切って、さらに真剣な顔つきになった。

マリオンはごくりと喉を鳴らしてうなずいた。

「……これはまだ確証ではない。俺は君にぬか喜びをさせたくないし、いらない不安に駆られて欲しくない。だから、まだはっきりとは言えないが、俺たちはベルモンド伯爵についてもっと個人的な事柄を調べている。君たちを奴の脅威から永遠に守ってあげられるような、大きな秘密を」

安心と不安が渦となってマリオンの胸の中をざわめかせた。

多分、喜んでいいのだろう。

二週間前のマリオンにとっては夢のような話だ。でも、疑問は残った。聞くべきではないのかもしれない。自惚れるのはきっと見苦しい。

でも……。

「あなたはそれを……わたしのためにしてくれているのですか？」

アレクサンダーは肯定をしなかったが、否定もしなかった。ただ淡く口元をほころばせ、じっとマリオンを見つめたまま答える。

「奴はもう長いこと、俺たちの会社が進めている鉄道事業を執拗に邪魔している。もちろん理由は綺麗なものではない。賄賂を欲しがっているのさ」

もしアレクサンダーがその賄賂を支払っていたら、ベルモンド伯爵はその金でマーガレットとマリオンをさらに陥れたのだろう。それを思うと、寒気がした。

マリオンはアレクサンダーにさらなる感謝の気持ちを抱いた。

「あなたはそれを払わなかったのですね」

「そう。つまり、ベルモンドを追い込むのは俺自身のためでもある。ビジネスなんだ。わかるね？」

「ええ……」

アレクサンダーが成そうとしていることは、マリオンのためではない。少なくともマリオンのため『だけ』ではない。

心のどこかで、それが愛情ゆえ……もしくは少なくとも、婦人を守ろうとする騎士道的な行為であることを期待していた自分が、しゅんと落ち込んですぼんでいる。

けれど同時に、ふたりの不思議な絆に、心を打たれもした。

見えないところで、ふたりは繋がっていたのだ。出会うずっと前から。

「わかります……でも」

マリオンは静かに答えた。

「たとえ偶然でも、あなたがしていることはわたしと母を助けてくれます。だから……ありがとうございます」

アレクサンダーは無言で、なにも返してこなかった。

もうすでに一週間近く……いや、もしかしたら彼女と出会ったその瞬間から、すでに……アレクサンダーはある夢想に悩まされ続けていた。

頭の中にそっと現れては消え、消えては現れる、終わりのない幻想。

マリオンとの人生。彼女を、妻にすること。

(それで、どうする？　彼女を一生縛り続けるのか？)

最初の約束と決意に反して、アレクサンダーはマリオンを抱いてしまった。彼女の純潔を奪ってしまったのだ。たとえ少なくない対価を払っているとはいえ、やってはいけないことだったのに。

たとえ本人の許可――くそ、許可どころかマリオンは抱いてくれと懇願してきた――があったとしても、それは一時期の、不安ゆえの心の迷いでしかないかもしれない。狭い客室に四六時中ふたりきりでいれば、恋や愛の幻想が生まれてきても不思議ではない。特にマリオンはまだ年若い。

問題は、アレクサンダーのマリオンに対する想いは幻でも錯覚でもないことだった。

この胸の中に、こんなものが存在するとさえ知らなかったほどの大きな想いが、くすぶっている。

岩のように重くて、炎よりも熱く、触れるだけで肌を切るほどに鋭い、確かな想い。庇護欲。独占欲。所有欲……。

そしてなによりも、彼女のそばにいたい、彼女を幸せにしたいというあくなき願いが、アレクサンダーの中に確実に存在した。

その感情の正体が愛であると、アレクサンダーはもうとっくに認めている。

しかし、だからこそ、彼女の光を自分の影で汚したくない。眩しすぎて、愛しすぎるからこそ、彼女を傷つけ縛り続ける未来を……許せなかった。

（くそ……）

首都の郊外に数年前購入した自宅に、薄い緑色のベルベットを張った座り心地のいい長椅子がある。アレクサンダーはその長椅子を寝室の暖炉の前に置いていた。

アレクサンダーは想像の中でマリオンと共にそこに寝そべっていた。彼はマリオンをしっかりと腕に抱きしめ、暖炉の炎が彼女の髪をさらに明るく照らし出すのを眺めながら、その日あった出来事を語る。

マリオンは持ち前の賢さと優しさでもって、アレクサンダーを励ましたり、なだめたり、時には叱咤《しった》したりして、心置きなく意見を交わし合う。

それが済むとふたりは静かにお互いの体温を味わい、どちらからともなく口づけをはじめる。

そして、想像の中で、アレクサンダーはマリオンを抱いた。

彼女を縛らずに。

彼女を傷つけずに。

それが現実になったらどれほどいいだろうと、アレクサンダーは願う。そんな未来を求める。

しかし過去は執拗だった。相手を縛らないと抱くことのできない呪われた性質は、この手で殺《あや》めた男から受けた呪詛なのかもしれなかった。

マリオンの肌についた緊縛の痕を見ると、魂が真っ黒になるような罪悪感にさいなまれる。ただ、その痛々しい刻印に欲情している自分も同時に存在して、アレクサンダーはできるなら己を真っ二つに切り裂いてしまいたいほどの自己嫌悪に陥るのだ。

天国と地獄はあまりにも近かった。

愛がなければ割り切れたはずだ。ここは高級娼館で、アレクサンダーは少なくない金を払い、相手は彼の性癖を納得して受け入れているのだから。

しかしアレクサンダーはマリオンを守りたかった。

幸せにしたかった。

そのために、できるだけのことはしている。すでにフロックウェルが、アレクサンダーの指示したいくつかのことをやり終えていた。

アレクサンダーとの三週間が終わったあと、マリオンが体を売り続ける必要はもうない。ベルモンド伯爵に関しても、近いうちに結論が出るだろう。どんなことをしても、アレクサンダーはマリオンの未来を守る覚悟でいた。

たとえ彼女のその未来に、自分は含まれていないのだとしても。

それが今のアレクサンダーに許される唯一のマリオンへの愛の形だった。この想いを叶えるべきではない。そんな資格は、自分にはないのだ。

第七幕　囚われる

フロックウェルが帰ってからのアレクサンダーはしばらく、いつもと少し様子が違った。

秘書がすでに席を外し、ふたりきりに戻った時点で、マリオンは再びアレクサンダーに抱かれることをなかば期待していた。

しかし、それはなく。

アレクサンダーはなにか深く考え込んでいるような雰囲気を醸しながら、まるで檻に入れられた猛獣のように苛々とした足取りで、暖炉の前を行ったり来たりしていた。

マリオンは最初、仕事の悩みなのかもしれない、と思うことにした。

だから当然、邪魔をしたり、口を挟んだりするべきではないと、納得しようとした。

それでも、その時間が長引いてくると、マリオンは少しずつ不安になっていった。

もしかしたら、フロックウェルがまるでマリオンをアレクサンダーの恋人のように扱ったのが気に障ったのだろうか？

それとも、やはり、マリオンはなにか出すぎたことを言ってしまっただろうか。いくら大切にしてもらっているとはいえ、マリオンはあくまで《ミューズ》で、アレクサンダーは彼女を買った客だ。

まるで知る権利があるとでもいうように、いくつか不用意な質問をしてしまったことが思い出される。

（どうしよう……）

鬱陶しく思われて、もうマリオンを抱く気さえなくなってしまったのだとしたら……？

そう考えただけで胸がしめつけられ、息苦しくなった。

もし……アレクサンダーがもう、マリオンをいらないと判断したら？

マリオンにあるのは残りの一週間だけだった。マリオンは借金を抱えた娼婦で、父もなく持参金もなく、したがって未来も限られている。とても。

この一週間だけが、マリオンに残された女としての幸福だった。

失いたくない。

いやよ、失いたくない。

あとたった一週間だけのつかのまの幸せを、神よ、どうかわたしから奪わないで。

そして、ずっと落ち着かない様子のまま思考にふけっていたアレクサンダーが、ふと顔を上げ、マリオンを見つめたのはその時だった。

「マリオン？　泣いているのかい？」

そう聞かれてはじめて、マリオンは自分のほおに涙が伝っていたことを知った。慌てて指でほおをなぞると、確かにその通りだった。

アレクサンダーは顔を引きしめ、びっくりするような速さでマリオンが座っている椅子の前まで来た。

そして、まだ乾ききらない涙の跡に、冷えた手をそっと添えた。

「なにか泣かせるようなことを言ってしまったかい？　くそ、すまない。俺はずっと女性と個人的な関係を結ぶのを避けてきた。気づかずに失礼なことを口走ってしまったとしたら、許してくれ」

「い、いいえ……違うの」

アレクサンダーは唇を引き結んで、その答えだけでは納得できないと言いたげにマリオンの目をじっと覗き込む。

彼の瞳に浮かぶ優しさに、マリオンは甘えたかった。

素直に泣いて、わたしを愛してくださいと懇願したかった。

せめて残った一週間だけは、マリオンのことを見て欲しかった——ああ、できるならもっと！

「違うんです。ただ、もうすぐ……あなたと離れなければいけないと思ったら、どうしても、寂しくて……」

言ってしまってから、マリオンは激しく後悔した。

驚きに見開かれたアレクサンダーの瞳に、マリオンの自責の念はさらに深まる。今、マリオンは《ミューズ》として言ってはいけないことを、言った。

まるで本物の……普通の恋人のように振る舞ってしまった……。

「ごめんなさい……。違うの。わたしにこんなことを言ったり、泣いたりする権利はないって、わかっています。忘れてください」

彼がどんな反応をするだろうと怯えるあまり、マリオンの声は震えた。《ミューズ》としての分別を忘れたなら、出て行ってくれと言われるだろうか？

それとも、そんなマリオンに呆れて、なにも言わずに彼の方が出て行ってしまうだろうか？

マリオンは自らの手で、ふたりの短いかりそめの時間に終止符を打ってしまったのかもしれない……。

「ごめん……なさい」

再び溢れてきそうな涙を必死でせき止めているマリオンは、きっと無様で見苦しい顔をしていただろう。でも、アレクサンダーは真摯な顔つきのまま、マリオンの表情ひとつひ

とつをじっくりと見つめ、マリオンの言葉すべてに耳を傾けてくれていた。

「……君はなにかを勘違いしている」

アレクサンダーはぼそりとつぶやいた。

——まさに、マリオンの恐れていた言葉だった。

「わ、わかっています！　だから謝ったんです。心配なさらなくても、身の程はわきまえています。わたしはただの買われた女で……」

「マリオン」

「この三週間以上のことを求めちゃいけないって、理解しています。忘れてください……本当に……」

「マリオン、よく聞くんだ。俺は君に理解して欲しいことがある。でもそれは、君が思っているようなことじゃない。なにより、自分を『買われた女』などと自虐的に考えて欲しくないんだ。俺は確かに君の三週間を買った。君は《アフロディーテ》の壇上に立って春を売ろうとした。でも、それだけじゃない。それだけじゃないんだよ……」

切羽詰まったようなアレクサンダーの早口に、マリオンは驚きながら聞き入った。

アレクサンダーはまずマリオンの前にひざまずき、膝の上に置かれていた彼女の両手を取った。

「俺は神を信じない」

アレクサンダーは唐突にそう宣言した。

「……少なくとも、我々を救ってくれる慈愛に満ちた神の存在を信じることは、もうできないんだ。俺は多くの悲劇を見すぎた。ただ、君と出会ったことで信じたいものがひとつだけできた。それがなんだかわかるかい？」

もし彼の声がこれほど優しくなかったら、マリオンはまだ強情に彼の手を振りほどこうとしたかもしれない。

でも、彼の口調は穏やかで、濃い茶色の瞳は真剣で深く、手から伝わる温もりはマリオンの体の奥に甘い痺れを送った。動けなかった。

「いいえ」

マリオンは涙声で静かに答えた。

「『運命』だよ、マリオン。君があの壇上に立っていたのは、俺が、君を見つけるための運命だったんだ。君は娼婦でも《ミューズ》でもない。ただ、いくつかの不幸が重なってあの場に立つことになったかもしれないが、君の心は誰よりも気高い。君の魂はなによりも清い……。その身を堕としてでも母親を救おうとした、天使だ」

その時、マリオンの着ていたドレスは手首まで袖があった。

アレクサンダーは大きな手で意外なほど器用に、その袖元にある小さなボタンを外していった。そして、マリオンの手首の素肌を露出させる。

そこには昨夜、鏡の前で縛られた痕がまだくっきりと残っていた。

アレクサンダーは呼吸を荒らげ、苦々しげに眉をひそめ、絞り出すような低くざらついた声でゆっくりと続けた。

「……君は、その清らかな心でもって、俺の異常な性癖を受け入れてくれた。それでもいいと……俺の闇を許してくれた。金のためでも、仕事としてでもなく、俺の中の獣を愛してくれた。くそ、そう信じてもいいかい？　君の中に、俺に対する、いくばくかの愛があると……？」

喉になにかが詰まったように息苦しくなり、マリオンは声なくあえぎながら、ただ首を縦に振った。そうするしかなかった。

これは夢だろうか？

そうかもしれない。だんだん視界が歪んでくるから……。

「泣かないでくれ」

アレクサンダーの懇願が聞こえた。

「わたし、泣いていますか……？」

マリオンが尋ねると、アレクサンダーは一瞬だけ小さな笑みを見せた。

「涙を流すだけが、泣くという行為ではないよ、マリオン・キャンベル。君のように賢い女性はもう知っているはずだ。泣けるうちはまだいい……とね」

いつのまにかマリオンも淡く微笑み返していた。

「その通りですね、アレクサンダー・アヴェンツェフ」

マリオンはアレクサンダーと一緒になって、手首に走る緊縛の名残を見つめた。

アレクサンダーがそれに罪悪感を持っているのは明らかで、マリオンはどうしても、彼を慰めたいと思わずにはいられなかった。

「……あなたは、その……泣くこともできないほどの境遇を生き抜く強さを持っていたんだわ。そのことに感謝します。その勇気を……愛しているの。これはその証拠です」

「『これ』？」

「この、縄の痕が……です」

「どうしてそう思う？」

「あなたが経験しただけの悲劇を前にすれば、多くの人間は生きる気力を失ってしまうものです。そうでしょう？　でも、あなたは異国の新天地で、腹黒い金持ち貴族から嫉妬されるほどの成功を手にしました。わたしにビジネスはわかりませんけど……どれだけ多大な努力が必要だったかくらいは、想像できます」

言葉は、不思議なくらいすらすらと、マリオンの口から溢れてきた。すべて本心で、すべて、アレクサンダーに知っていて欲しいと思った。

「君の想像をはるかに超えるものだよ。その過程で……俺が聖人君子だったとは思わない方がいい」

アレクサンダーの声色には、いつものウィットと鋭さがほんの少し戻ってきた。マリオンは否定せず素直にうなずいた。

「ふふ、あなたが良い人だとは褒めていませんよ、アレクサンダー？　あなたは強く、勇気のある方だと言ったんです。それを尊敬する、と」

「それは失礼」

「そして率直です。自分に嘘をつかず、信じた道を進むまっすぐさ……」

「……………」

「そうした素晴らしいところを守り抜く中で、あなたはひとつだけ……たったひとつだけ、その勇気をもってしても癒やせない傷を負ってしまった。だから女性を……わたしを、縛らないと安心して抱けない。でもそれだけです。本当にそれだけ……」

ふたりの間に、時間の感覚は消えていった。

アレクサンダーはいつまでたってもマリオンの手首にある痕から目を離さない。まるで、赤みがかった桃色に走るその線が境界線となって、ふたりの行く手を遮っているようだった。

もしかしたら、実際、そうなのかもしれない。

しばらくしてアレクサンダーはぽつりと、「君は優しいな」とつぶやいた。

「だからこそ君を傷つけたくない。君を傷つけ続ける自分を、俺はいつか……許せなくなる」

　その言葉の重みに、マリオンの胸は熱くなった。

　深読みすれば……それは、アレクサンダーがいくらか、マリオンとの将来を想像してくれたということだ。

　たとえその未来が明るいだけのものではないとしても。

「それはつまり、ほんの少しだけでも……わたしに好意を持ってくださっていると思っていいのですか？」

「ほんの少し？　マリオン、ふざけて言っているのかい？」

「いいえ。これほど本気だったことはありません。だってあなたはなにも言ってくれていないもの」

「そうだったかな……」

　アレクサンダーはそう言ったが、特に過去の会話を掘り返そうとはしなかった。ただ彼の視線はまだマリオンの手首に吸いつけられたままで、動こうとしない。

「顔を上げてください。お願い」

　アレクサンダーが息をひそめるのがわかった。しばらくそのままだったので、答える気がないのかと思いはじめた頃、彼はゆっくりとマリオンを見上げた。

「俺は、どんな女性も愛せないと思っていた。そもそも、愛するべきではない、と」

今度はマリオンが息を詰まらせる番だった。

アレクサンダー・アヴェンツェフの真摯な瞳に射られて、動けなくなる。男らしく彫りの深い輪郭にきらめく、宝石のような瞳。勝つことなどありえないとわかっている勝負に、それでも挑む、勇気ある者の瞳だった。

それはまさに、マリオンが惹かれたアレクサンダーの強さでもあった。

「だから、君のことも愛してなどいないと思おうとした。しかし無駄なあがきだった。最初から。心臓の鼓動を自分で止めることができないように、君への想いも、止めることはできなかった」

「だったら……」

「もし俺が……君を傷つけずに抱ける男だったら、マリオン、俺はとっくにここにひざまずいて君に求婚しているよ。でも現実は違う。愛しているからこそ、俺という名の危険な檻に、君を一生縛りつけたりはしたくない」

「…………」

なんと答えていいのか、わからなかった。

アレクサンダーの言葉がすべて本心からの真実であることは、彼の目を見れば嫌でも感じられる。

こんなふうに、喜びと悲しみが同時に溢れてきたのははじめてで、マリオンは自分の呼吸さえも持て余した。

鼓動さえも。

(本当ね……)

心臓の鼓動は自分で止めることができない。どうしようもなく素直で、苦しいほど本心に忠実だ。

マリオンの心拍はアレクサンダーへの思慕を叫ぶように、激しく脈打っている。

それを止めることはできなかった。

彼の名前を呼ぶと、それだけで体が火照り、すべての思い出がよみがえった。

「アレクサンダー……」

マリオンの肌をまさぐる、彼の手のひらの冷たさ。荒い呼吸の合間にささやかれるマリオンの名前と、その低くて男らしい声。時に鋭く細められ、時に優しく微笑む濃い茶色の瞳。マリオンを貫く、大きくて、硬くて、熱いあの肉塊……。

そして、行為が終わったあとの、すぎるほどのマリオンへの優しさ。

それらを知ることができてマリオンがどれだけ幸せだったか、アレクサンダーは知っているだろうか？

「完璧な人生がないように、完璧な人間もいなくて、完璧な『ふたり』も、きっとありえないのだと思います」

とつとつとマリオンが告げるのを、アレクサンダーは静かに聞いていた。

「でも、あなたと出会ってから……あなたに抱かれた日々は、わたしの人生の中で一番幸せでした。たとえ縛られながらでも、それは変わらないの。両親と幸せに暮らしていた頃より、さらに素敵な日々だったわ」

「…………」

「それで……いいんじゃないかしら？」

これが、マリオンにとっての精一杯の告白だった。彼になにかを……ましてや結婚のように重要なことを……強制したくなかったし、そんなふうに結ばれるのはマリオンの本望ではない。

彼の告白を聞いたからといって、のぼせて自分は彼の妻にふさわしいと思い上がるような真似もしたくなかった。彼がどんな気持ちを抱いてくれているにせよ、マリオンは一度、国営高級娼館《アフロディーテ》の壇上に立った女だ。

彼の妻には、ふさわしくない。

でも、これからの一週間と……そして願わくは、それに続くもう少しの間、彼のそばにいられたら嬉しい。それを許して欲しい。

「ずっと一緒にいられないことはわかっています。でも、もう少しだけ……わたしを離さないでください。お願い……」

アレクサンダーはしばらく、じっとマリオンの瞳を見つめてなにも答えなかった。やがてぽつりと、

「それはもちろん……そうするつもりだ」

と、あまり彼らしくない小声でささやいた。

するとアレクサンダーはぎゅっと優しくマリオンの上半身を抱きしめ、長い間、本当に彼女を離さなかった。

しかし口づけはなかったし、もちろん、抱かれることもなかった。

それから数日は、まるで出会った頃に戻ってしまったかのようだった。

アレクサンダーはマリオンを抱かなくなった。それどころか、触れることさえ稀になっていった。

でも、優しい。

二度目の愛の告白を聞くことはなかったが、いたるところでマリオンを褒めそやし、気づかいの言葉をかけてくれる。

一度など、外国から取り寄せられた小さな胸飾りを贈られたこともあった。

珍しい澄んだ水色の宝石を楕円形に研磨したもので、その周囲には透明に輝く小粒のダ

イヤモンドが並んでいる。

「こんな……もらえません。ドレスは必要だったからいただきました……。でも、これは……」

「気に入らなかったかい？　確かに、あまり大きな石ではないが、君の瞳の色だと思って決めたんだ」

サファイアだとしても、こんなに澄んだ色と光沢を持ったものははじめて見た。ブルー・ダイヤモンドだと言われたら信じてしまうほど、綺麗に光を反射する宝石だが、まさかそこまで高価なもののはずがない……。

確かにマリオンの瞳の色は薄い青だ。でも、彼の目に、自分の瞳がこんなふうに美しく映っていたなんて、嬉しいと同時に信じがたかった。

「いいのですか？　わたし、なにもお返しできなくて、心苦しいわ」

「いいかい、マリオン。俺はなにか対価を期待して君に宝石を贈るようなしみったれた男ではないよ」

「それはわかっています。でも……」

――でも、あなたはわたしを抱かなくなったから。

言葉にはできなかったそんなマリオンの思いを、アレクサンダーはなんとなく察したのかもしれない。切なく微笑み、胸飾りの後ろにある針を外すと、それをマリオンの胸元……心臓の近くに刺した。

「思った通りだ。よく似合うよ」

アレクサンダーの手が胸の前に触れたことで、マリオンはなにかがはじまるのを期待した。しかし、彼の手は数秒そこにあっただけで、静かに離れていく。

「あ……りがとう、ございます、アレクサンダー」

マリオンがたどたどしく礼を言うと、アレクサンダーは短くうなずいた。

「礼を言うのは俺の方だ、マリオン。受け取ってくれてありがとう」


マリオンを抱いていない時のアレクサンダーがなにをしていたのかといえば、それは驚くほどの量の仕事、仕事、仕事、だった。

二度目にフロックウェルが来た日の夕方、大量の書類や書状がふたりの客室に届けられた。最初の数枚に目を通したアレクサンダーは、どこか近寄りがたいほどの真剣さで、その紙の束に集中しはじめた。

すべてを読み終わると、今度は何度もあちこちを読み返しては、なにかうなるような独り言を時々漏らして線を引いたり、メモを書きつけたり……。

とてもではないが、質問できるような雰囲気ではなかった。

そしてそれを終えると、今度は受け取ったのと同じくらいの量の、たくさんの手紙をしためはじめた。これにはマリオンも手伝いを申し出たが、アレクサンダーはやんわりと断り、マリオンはただゆっくり休んでいればいいのだと言って取り合わなかった。

まるでなにかに憑かれたようでさえあった。

そんなふうに一日、二日と時が過ぎ、マリオンの疑問は徐々に焦りに変わっていく。

アレクサンダーは確かに『もう少し』一緒にいることを約束してくれた。でもそこに明確な期限はなかったし、どんな形になるのかもわからない。

(出すぎた質問はしちゃだめよ、マリオン。彼は実業家で、忙しい人なんだから、邪魔しちゃいけないのは当然で……)

そう自分に言い聞かせてみても、それで安心が得られるわけではない。

今はただ、アレクサンダーのくれた約束と、彼の優しさを信じるしかなかった。


マリオンの選んだドレスは概してシンプルで慎ましやかなものばかりだったが、一着だけ、明るいレモン色の軽やかで華々しいものがあった。

幅の広いV字の襟からは大胆に鎖骨が覗いている。袖は長かったが、ほとんど中身が透けて見える薄いレース生地でできていたので、動くたびにひらひらと揺れ、蝶のように軽やかに見える。

マリオンがこのドレスを注文したのは、もしかしたら《アフロディーテ》の催し物で、明るいドレスが必要になるかもしれないという考えからだった。

しかし蓋を開けてみると、あの緊縛ショー以来、アレクサンダーは《アフロディーテ》が開催する催しには一切顔を出したがらなかった。

何度か招待状は届いたものの、アレクサンダーはたいていマリオンに見せることもなくそれらを暖炉の火にくべるか、持ってきた使用人に突き返していた。

だからこのドレスはしばらく無用の長物になっていたのだが、アレクサンダーがマリオンを抱かなくなって四日目……マリオンはなんとなく、それを着てみたい気持ちになって箪笥に手を伸ばした。

アレクサンダーは相変わらず、いかめしい顔をして手紙の山と格闘している。

マリオンは隠れるように衝立の後ろへ回り、そこでレモン色のドレスを着た。明るい色合いのせいだろうか、不思議と、それを身につけただけで心が軽くなった。

「あの、アレクサンダー……」

と、マリオンが声をかけようとした時。

軽いノック音が客室の扉からして、マリオンは急いで衝立の後ろから出てきた。

「わたしが出ます。きっと部屋を整えに来た使用人だわ」

アレクサンダーが答える前に、マリオンはすでに扉を開いていた。そこにはいつもの使用人が立っていて、マリオンの姿を見るとぎこちなく挨拶した。

「おはようございます。実は、本日催される舞踏会の招待状をお持ちしたのですが……」

「舞踏会？」

「ええ……もうすぐ三週間の期限も終わりますから……朝から夜中まで続くそうです。今日はお食事もそちらで振る舞われます」

「そう……。でもわたしたちは、そういった催し物にはあまり……」

「存じております。実はそれで、マダムから直々に伝言がありまして……。今日の舞踏会は贅を尽くした豪華なものになるので、ぜひおふた方にも参加していただきたいとのことです。それに……」

使用人はどことなく不自然な感じでマリオンの格好を上から下まで観察していた。元々少し風変わりなところのある女性だったが、今日は特に、妙に声が上ずっているような気がする。

「す……すでに素敵なドレスをお召しですね。音楽もありますし、お、お食事だけでも、舞踏会場でとられたらいかがですか？」

「まあ」

レモン色のドレスを褒められて、マリオンははにかみながら微笑んだ。悪い気はしない。舞踏会という華やかな響きも、マリオンにはとても魅力的に聞こえた。

そうだ……三週間はもうすぐ終わってしまう。

その前に、ワルツやカドリーユに乗ってアレクサンダーと踊れたら、どんなに素敵だろう。きっと忘れられない思い出になる。マリオンにはそんな思い出が必要だった。

マリオンは肩越しにそっと後ろを振り返り、アレクサンダーの反応を待った。

しかし、彼はちょうど自分の書いた手紙と書類を見比べて、なにか真剣に考え事をしている真っ最中だった。

マリオンの視線に気がついて、ふと顔を上げる。

その時はじめて、使用人の存在とマリオンのドレス姿に気がついたようだった。マリオンはつい拗ねた気分になり、唇をとがらせて言った。

「お忙しいのはわかりますけど、最後の舞踏会の招待状をいただいたんです。どう思いますか？」

最後のという部分をいささか強調してしまったのに、アレクサンダーが気づかないはずがなかった。彼は片方だけ眉を上げて、マリオンの真意を探ろうとするように彼女をじっと見すえる。

「……行きたいのかい？」

被害妄想かもしれない。でも、なんとなく批判されているような気持ちになってマリオンはそっぽを向いてうつむいた。

「だって最後だもの。これから先、どれだけお会いできるかわからないのだから、その前に一緒に舞踏会くらい……」

まるで駄々をこねる子供だ。もう何日も抱かれていないという焦りが、口調ににじみ出てしまっているのが自分でもわかった。

まっすぐアレクサンダーの瞳を見るのが怖かった。もしかしたら彼は呆れているかもしれない。それくらいならまだいい。もし軽蔑されていたらと思うと、胸がしめつけられて苦しくなった。

気まずい沈黙が数秒流れて、マリオンは緊張したままだったし、使用人はどうしていいのかわからず戸惑っていた。

「すまなかった、マリオン。君を放っておくつもりではなかった」

静寂を破ったのはアレクサンダーの落ち着いた声だった。

「い……いいんです。あなたが謝ることなんてひとつもありません。わたしをどう扱おうとあなたの自由ですし、あなたは忙しい人で……」

「マリオン。自分を卑下しないでくれと言ったはずだ。対外的な立場がどうであれ、俺にとって君はレディ以外の何者でもない、敬意を持って扱われるべき存在だ」

情熱が篭った真摯な声に、マリオンはほおが熱くなるのを感じて顔を上げた。

アレクサンダーは手にしていた書類をテーブルの上に放り出し、こめかみを指で押しながら立ち上がった。彼が疲れているのは一目瞭然だった。

「君が出たいなら、その舞踏会とやらにも出よう。ただ俺は……どうしても……一刻も早く片づけてしまいたい仕事がある。もう数時間だけ、時間が欲しい。夕方には間に合うようにしよう」

「本当ですか？」

「ああ」

安易に批判じみたことを言ってしまった自分を恥じながら、マリオンはアレクサンダーの提案を喜んだ。アレクサンダーは何度かこめかみを擦ると、ため息をついてまたテーブルの前の椅子に座り直した。

一体、そこまで必死になる案件とはなんなのだろう？　もちろん彼が忙しい人だということはわかっている。フロックウェルとの会話からだけでも、彼らがいくつもの事業を展開しているのは察せられた。

でもなぜか……ここ数日のアレクサンダーの集中ぶりは少し度を越しているような気がするのだ。邪魔をする気はなかったが、マリオンが声をかけないと寝食さえおろそかにする現状に、心配が募る。

「……そういうわけだから、わたしたちは夕方頃から参加させていただきます。マダムにはそう伝えてください」

マリオンが言うと、使用人はなぜか焦ったようにひゅっと息を吸った。

「で、では、お食事だけでも、いかがですか？　ビュッフェなのでお好みのものを選べます……お部屋に運ばれては？」

「そうね。食事があるなら……」

「だめだ。君ひとりで《アフロディーテ》を歩き回ってはいけない」

厳しい断定の口調で、アレクサンダーはぴしゃりと否定した。使用人がいるせいかベルモンド伯爵の名前は出さなかったが、もちろんマリオンには理由がわかった。

しかし、疲れ気味のアレクサンダーに美味しくて力のつくものを持ってきてあげたいという気持ちも強い。

なんとか彼を安心させる方法はないだろうかと考えはじめた時、使用人が唐突に声を弾ませて提案した。

「わ、わたしがマリオンさまのお供をいたします！　おふたり分の食事を部屋に運ぶのにも、手伝いが必要でしょうし……！」

正直なところ、ずっと無愛想だったこの使用人が急に助けを申し出ることに多少の違和感を覚えはした。

しかしマリオンにとっては渡りに船で、断る理由はないように思えた。

「そうですね、アレクサンダー。彼女が一緒に来てくれるなら心配することもないと思います。わたしも舞踏会の様子を少し先に見てみたいし、ビュッフェで美味しいものを選びたいわ」

できるだけ軽やかな口調でそう言うと、アレクサンダーはしばらく案じていたようだが、最終的に「では、早くすませるように」と許可してくれた。

「大丈夫です。食事だけ選んで、すぐ戻りますから」

マリオンは安堵ににっこりと微笑んで、使用人と共にいそいそと部屋をあとにしようとした。するとアレクサンダーが小さく笑って、

「君には敵わないな、ミス・マリオン・キャンベル。君の願いを断れたためしがないような気がしてきたよ」

と、吐露した。


マリオンの知っている一般的な舞踏会では、踊りがはじまるまで、男女はたいてい別々に時を過ごすものだった。

女性は壁際に集まって紅茶や薄めた葡萄酒を飲みながらゴシップに花を咲かせる。男性は談話室などを陣取り、葉巻をくゆらせたり、ブランデーがなみなみと注がれたグラスをさも優雅に傾けながら、政治や狩猟といった男の話題で盛り上がる。

予想はしていたが、《アフロディーテ》の舞踏会にそういった禁欲的な雰囲気は一切なかった。

男は大胆に《ミューズ》の肩を抱きながら酒を飲み、すでに出来上がった赤ら顔で卑猥な冗談を大声で叫んで喜んでいる。《ミューズ》はそんな男たちにしなだれかかり、そのくだらない冗談がさも面白いことかのように声を上げて笑っていた。

もし自分を落札したのがアレクサンダーでなければ、マリオンは今頃あの《ミューズ》たちと同じような振る舞いをしなければならなかったのだ。それを思うとアレクサンダーへの感謝と安堵、そして尊敬が胸に溢れた。たとえどんな心の傷があろうとも、彼は高潔な魂を持った誇り高い人だ。

マリオンが使用人と一緒に下階の舞踏会場に足を踏み入れると、そこには確かに楽団がいて、緊縛ショーの時のようなエキゾチックな音楽ではなく、典型的な宮廷音楽を静かに奏でていた。

それは耳に心地よく、しばらく立ち止まって聞いていたい気もしたが、マリオンはすぐにアレクサンダーとの約束を思い出した。

「食事はどこに用意されているのかしら？」

マリオンが使用人に尋ねると、彼女はぎこちない仕草で舞踏会場の奥を指差した。

大きなテーブルの上に大小さまざまな形の銀食器やクリスタルのボウルが備えられ、ローストビーフや家禽類の肉料理、野菜の入ったパイ、サーモンやエビの盛り合わせ、スフレなどが所狭しと並べられている。まるで王宮のようだ。

空腹だったこともあり、マリオンは嬉々として最も美味しそうな料理を皿に盛っていった。

三週間近く一緒にいたことで、アレクサンダーの食べ物の好みもいくらか知っている。精のつきそうな柔らかく煮込んだ肉類や、焼きたての生地が香ばしいパイをたっぷり選び、仕事中にも楽しめそうな小さな焼き菓子をいくつか取った。

「……このくらいにしましょう。あなたとわたしでは運べなくなってしまうものね」

半分は使用人に渡し、マリオンもごちそうの載った皿を持って、テーブルを離れた。美しく奏でられる音楽には少し未練があったものの、早く温かい料理をアレクサンダーに届けたい気持ちが先立って、マリオンは足早に舞踏会場の人の波を縫うように進んだ。

しかし、なぜか、後ろからついてくる使用人の足が遅い。

マリオンが聞いても、まごついた様子でなにかつぶやくだけで、人混みの中ではよく聞き取れなかった。

「どうしたの？」

なんとなく、なにかに怯えているようなぎこちない動きだった。

不思議に思ったものの、いくら彼女が一緒にいるからといって、ベルモンド伯爵と顔を合わせる恐れのある場所に長居はしたくない。マリオンは躊躇する使用人をできるだけ優しくうながしながら、舞踏会場の外に出た。

そして、人の少ない階段前のホールに辿り着いた時、使用人はついにぴたりと足を止めた。

「マ、マリオンさま……申し訳ありません……。わたし……」

「どうしたの？　具合が悪いならそう言ってくれていいのよ。無理をさせてしまったならごめんなさい。お盆はそこに置いていいから……」

「違うんです！　わたし、脅されて、怖くて、どうしても断れなくて……こんなこと、許されないのに……」

──脅されて？

怪訝に思って、マリオンが眉間に皺を寄せたところだった。突然、背後に暗い影を感じて振り返ろうとした。

その瞬間、マリオンの口元に白い布が強く押しつけられる。

「んー……っ！」

ツンとした嫌な匂いが鼻腔を襲い、マリオンは本能的に背後の人間に抵抗しようとした。

しかし、すぐに肢体に力が入らなくなり、手にしていた皿が床に落ちる。

悲鳴を上げようとした。

それは声にならず、取り乱して蒼白になる使用人の顔と、無残に床に散らばった料理を最後に、マリオンの視界は真っ暗になった。

そして耳元にささやかれた忘れられない厭《いと》わしい声……。

ベルモンド伯爵の、「今度は逃がさないぞ、マリオン」という虫唾《むしず》が走るような脅しの言葉だった。


——その約三十分後。

息を切らしてやって来たフロックウェルに重ねた手紙の束を渡して、くれぐれも急ぐようにと念を押してはじめて、アレクサンダーは数日ぶりにわずかな心の平安を得ることができた。

「いくらあなたでも、こんなに早くまとめ終わるとは思いませんでしたよ。また新たなアレクサンダー・アヴェンツェフ伝説の誕生ですね」

眼鏡の奥にからかうような微笑みを浮かべながら、フロックウェルがさも楽しそうに言った。

たしなめるような目つきで秘書を睨んだアレクサンダーは、やっと肩の荷が下りたことで急に疲れを感じ、近くの長椅子に身を投げ出すように座った。

「これで……ベルモンドの社会的地位はなくなったも同然だ。問題は、どれだけ早くこれを判事のもとに届けられるかだ……。お喋りをする暇があったら早く出て行ってくれないか」

「しかも、あんなに美しいレディと、さまざまな……準備の整った部屋でふたりきりで過ごしながらの仕事ですからね。わたしを含め、普通の男だったらとてもではないが仕事になど集中できませんよ」

フロックウェルは慣れた感じでアレクサンダーの言葉を無視し、部屋を見回しながら茶目っけたっぷりに続けた。

「しかし、今日は彼女を見かけませんね。また浴槽のある小部屋に隠れているのかな？」

「口を慎め、フロックウェル」

「おお怖い。しかし、これでいくらか時間ができるでしょう。わたしだったら今すぐ、ごちそうの載ったテーブルに群がる飢えた民衆のようにがっついてしまうでしょうね」

「彼女を侮辱するな！」

アレクサンダーは憤然と声を上げた。

「おや、わたしは空腹の話をしていたつもりなのですが……なにか別の意味に取りましたか？　おかしいなぁ……」

芝居がかった口調でそうのたまうと、フロックウェルは帽子を被り直して、手紙と書類の束を抱えて立ち上がった。

「わたしたちの事業と、そしてあなたの個人的な未来に、幸多きことを」

そう言い残すと、フロックウェルはやっと部屋を出ていった。アレクサンダーは安堵のため息をつき、長椅子に深く座り直した。

ああ、マリオン。

この数日は地獄のようだった。アレクサンダーはこれまでの人生の中で、忍耐というものについてよく学び、訓練してきたつもりだったが、これほどそれを強いられたことはいまだかつてなかった。

不安げな……しかしどこか誘うような、色香のある大きな瞳を揺らしながらじっと自分を見つめてくるマリオンを意識せず書類に集中するのは、恐ろしく難儀な仕事だった。できるなら味気ない文字の羅列など放り出し、すぐそばにある柔らかい肌に触れ、まさぐり、縛り、彼女の中に荒ぶる己を埋めたかった。

彼女の声なき求めに応えたかった。

しかし……。

（これでよかったんだ……。数日は無駄にしたが、これでマリオンは約束の三週間が終わってもベルモンドの影に怯える必要はなくなる）

アレクサンダーはどうしてもこの『仕事』を、《アフロディーテ》での三週間が終わる前に片づけてしまいたかった。

マリオンと結婚して彼女を自分のものだと宣言することに躊躇のある今は、まだ、この保険がどうしても必要だったのだ。たとえ自分が離れることになっても、マリオンの身の安全が保証されるように。

——もしかしたら、自分がなにをしていたのか、マリオンに伝えておくべきだったのかもしれない。しかし、衝撃的な内容を含む報告書の数々を彼女に見せて、むやみに不安にさせたくなかった。

すべては、ベルモンド伯爵の逮捕が確定してから……奴の手がマリオンと彼女の母親に届かなくなってから、伝えればいいことだと。

自分が一点の曇りもない正しい選択をした自信はない。ただ、マリオンを心細くさせた償いは、今夜の舞踏会とやらも含めて、たっぷりとするつもりだった。

アレクサンダーはポケットから懐中時計を取り出し、時刻を確認した。

判事や有力政治家に一刻も早くベルモンド伯爵告発の手紙を出すことに集中していて気づかなかったが、マリオンが使用人と一緒にこの客室を出てから、すでに小一時間が経っていた。

小一時間……微妙な長さだ。

《アフロディーテ》の舞踏会は、いわゆる一般的な上流階級の集まりに比べればだいぶくだけたものになるが、それでもここで行われる他のショーや催し物に比べれば、ずっと礼節に則ったものだった。

マリオンにとっては古巣に戻ったような懐かしさがあるかもしれないし、音楽などの娯楽も用意されている。演奏に少し耳を傾けていれば、小一時間くらいはすぐに経ってしまうものだ。

しかし、ビュッフェへ食事を取りに行くだけだと言っていたわりには、少々長すぎる時間と言わざるをえない。使用人が同伴しているし、ベルモンドのような放漫な男が舞踏会に顔を出すには、まだ早すぎる時間だと油断していたが……。

どうしても、背筋に虫が上ってくるような嫌な予感がしてくる。

最悪のシナリオを考えるだけで、全身の血が逆流するような焦りに襲われた。

（くそ、彼女になにかあったら、俺は生きていけない）

そんなひとつの自覚と共に、アレクサンダーは立ち上がった。上着を摑むとそのまま大股で部屋を横切り、勢いよく扉を開けて外へ飛び出す。

アレクサンダーは、自分がどんな人間かよくわかっているつもりだった。こんなふうに彼女のあとを追いかけ回すべきではないということも、わかっている。できるなら、彼女にはもっとまともな結婚相手を見つけてやるべきだと。

わかっている……つもりだった。しかし。

今すぐマリオンの顔を見たかった。そして安心したかった。

頭がふたつに割れてしまうのではないかと思うほどの頭痛に顔をしかめながら、マリオンは陰気な薄闇の中で目を覚ました。

すぐに気がついたのは、スパイスの利いた甘ったるい香りがあたりに充満していて、それを吸うとますます頭が重く感じることだった。不快感にぎゅっと目をつぶり、再びゆっくりとまぶたを開いていく。

厚いカーテンのかけられた暗い部屋に、数本のロウソクの火が壁際で揺れている。

どうして自分がこんなところにいるのか思い出そうとしたが、頭痛が邪魔をして、あやふやで途切れ途切れの記憶しか浮かんでこない。

父が亡くなって……。

突然、多額の借金を背負っていることを知らされ……。

ベルモンド伯爵に母を渡せと脅され、断腸の思いで《アフロディーテ》で体を売ることに決めた……。

そう、《アフロディーテ》……。

――アレクサンダー!

マリオンは目を見開き、カッとなって上半身を起こした。自分が寝台の上に寝ていたことはその時やっと気がついたが、それがいつもと同じ場所ではないことも、すぐにわかった。

そして思い出す……使用人の怯えた顔。

口元に押さえつけられた白い布と、その臭い。気を失う前に聞いた、ベルモンド伯爵のおぞましい声……。

「おや、目が覚めたようだね、マリオン。わたしの気の強い仔猫」

マリオンは声のした方向へ顔を向けた。

忘れるはずもないその嫌な声色。相手の顔を確かめる前に、すでにマリオンの胸は怒りと悔しさでいっぱいになった。

安楽椅子にゆったりと腰かけたベルモンド伯爵が、暗がりの中、薄笑いを浮かべてマリオンを見つめていた。――この悪魔！

声の限りに悲鳴を上げようと、マリオンは口を大きく開いた。しかし喉から出てきたのは、ヒュー、ヒュー、ゼー、ゼーというようなかすれた息だけだった。

「……わたしほど世の近代化を憂いている者はいないのだよ、マリオン。アヴェンツェフのような異国生まれの新興成金が幅を利かせている社会など、あってはならないものだ。それでもいくつか、なかなか役に立つ近代技術があるものでね」

ロウソクのほのかな明かりが、ベルモンド伯爵の歪んだ笑みを照らし出す。彼は普段の洒落た上着を身につけていなかった。レースで飾られた白いシャツと、乗馬用のズボンと丈長のブーツという簡素な姿だ。

「特殊な麻酔ガスというものだよ。それを吸い込むと、小一時間ほど声が出せなくなる。なぁに、心配しなくても、すべてが終わる頃にはまた喋れるようになっているさ」

「……っ！」

すべてが、おわる、ころ。

それがなにを意味するのか、マリオンにはいやというほどわかった。この男はマリオンを凌辱するつもりだ……。

それがアレクサンダーに対する嫌がらせなのか、母を手に入れられない鬱憤からなのか、マリオンへの情欲のせいなのかは知らない。どんな理由にせよ、マリオンにとって最悪の結果しか待っていないのは明らかだった。

そんなことを許すわけにはいかなかった。

マリオンは寝台から下りようとしたが、頭がひどく重く感じるのと、手足が痺れたように震えて思うように動けない。それでもなんとか必死に身をよじる。

結局マリオンは、ベルモンド伯爵が薄ら笑いを浮かべながら眺めている前で、寝台の縁から落ちて床に身を打った。

ベルモンド伯爵は声を上げて笑いながら立ち上がった。

「とんだ醜態だな、マリオン・キャンベル。さんざんお高くとまっていたのが、今はこうしてわたしの前で、娼館の床に娼婦として這いつくばっている」

――違う、違う、違う！

マリオンは叫びたかった。アレクサンダーの優しい言葉のあとに、ベルモンド伯爵から屈辱の罵りを受けるのは二重の痛みだった。反論したい気持ちと、心のどこかで『やっぱり』と……自分は娼婦でしかないのかもしれないという心細さがせめぎ合う。

それでも、ベルモンド伯爵に触れられるのは我慢ならなかった。

震える手足でどうにか体を立て直そうとするマリオンの方へ、ベルモンド伯爵は悠々とした足取りでやって来た。

そして、マリオンの前で片膝をついた。

色白のベルモンド伯爵の指が、マリオンの顎をすくってクイッと上を向かせる。

「ずっとマーガレットに気を取られて気づかなかったが、お前もなかなかの器量よしだ。競売の壇上でお前を見るまで、こんなふうにそそられたことはなかった。お前はいつも父親のようにとりすましていたからな」

「…………」

「お前の父親もまた、いけすかない男だった。ふん、少し名があるだけの爵位もない男のくせに、マーガレットをわたしから遠ざけ、それどころかわたしの政界での地位を危ういものにしようとたくらんだ……」

急に亡き父親のことを引き合いに出されて、マリオンは目を見開いた。

ベルモンド伯爵が父の生前から母に横恋慕をしていたことは、度重なる無分別な訪問から、まだ年若いマリオンも気づいていた。

しかし、父がベルモンド伯爵の地位をどうこうしようとしたという話は、まったくの寝耳に水だ。

ベルモンド伯爵から酒気を帯びた口臭がして、マリオンは顔をしかめてそっぽを向いた。この男は酔っている……それもかなり。

「わたしから目を逸らすな！」

ベルモンド伯爵の怒声が響き、逆らえば暴力を振るわれる可能性のある恐怖から、マリオンはいやいや視線を戻した。

伯爵の目は濁っていて、救いようのない狂気を感じた。この男はいつもこんな目をしていただろうか？　そもそもマリオンはずっと彼を毛嫌いしていたから、こんなに間近でしっかり顔を見たのははじめてだった。

嫌な予感しかしなかった。こんな濁った目を持った人間がどんな欲望や秘密を抱えているのかと想像しただけで、背筋が凍りつく。

――ハナシテ！

マリオンは口だけパクパクと動かして、そう声なき叫びを上げた。たとえどんな結果になったとしても、同意していると思われるのだけは嫌だった。

ベルモンド伯爵は歪んだ笑みを浮かべた。

「その、わたしを小馬鹿にしたような態度……お前の父親にそっくりだ……。いいかい、マリオン。奴がどんな最期《さいご》を迎えたか忘れないことだ。同じ道を歩みたくなければな……」

(なん……ですって?)

重い頭痛とあいまって、マリオンの思考が混乱する。

はっきり認めたわけではない。でも、ベルモンド伯爵の言い方は、まるで彼が父の死にかかわっているような……。

(…………!)

まさか。まさか。

確かに、マリオンの父の死は突然のものだった。ずっと健康で丈夫な人だったのに、用事で首都へ泊まりがけで出かけた際に、突然の心臓発作に襲われてあっというまに帰らぬ人となったのだ。

医師は、父はおそらく体調が悪いのを我慢して家族に見せないようにしていたのだろうと語ったが……それが間違いだとしたら? いや、それどころか、ベルモンド伯爵に賄賂を握らされ、そう診断したのだとしたら?

一瞬にして体中から血の気が引く。

——叫ぼうとした。

——力の限りに、目の前にいる汚れた魂の男をひっぱたいてやろうとした。

しかし、きっとその呪われたガスのせいだろう、いくら必死になっても思うように体が動かない。まるで歩くことを覚える前の生まれたての仔鹿のように、不器用に手足を震わせることしかできなかった。

「くく、マリオン。この期《ご》に及んで抵抗しようとするのかい？　だったらわたしにも考えがある。君を縛ってしまおう」

「！」

縛る。

縛る……。

何度も何度も、アレクサンダーがマリオンを愛する時に、そうしたように。

（そんな……）

最初は戸惑いながら……しかしやがて、理解と愛情と、そして覚えはじめた官能への期待と共に受け入れてきた行為。

アレクサンダーになら。

アレクサンダーとなら。

マリオンはいくらでもそれに応じることができた。喜びでさえあった。縛り、縛られること。

しかし、相手がベルモンド伯爵となるとマリオンの反応はまったく違った。嫌悪。屈辱。憎しみ。怒り……。きっとアレクサンダーが少年の日に感じたのも、こんな苦しみだったのかもしれない。闇よりも暗い真っ黒な感情がマリオンを支配した。

ベルモンド伯爵に触れられるくらいなら、死にたいとさえ思った。思い通りにならない体の隅々に必死で力を入れて、少しでもこの男から離れようともがいた。

しかし、酔っているとはいえ男であるベルモンド伯爵に、今の状態のマリオンが敵うはずがない。

すぐに両手を掴まれ、無理やり立たされると、そのまま乱暴に寝台の上に投げ出された。マリオンは悲鳴を上げたが、それはやはりはっきりとした声にはならず、ただ乾いた音が喉から漏れただけだった。

「動けないように両手両足を寝台の支柱にくくりつけてしまおうか。どうせもう生娘ではないのだ。ふはは……」

悔しさに涙が溢れてくる。

それはアレクサンダーがマリオンのはじめてを奪うのに選んだ縛り方だ。

あの時のアレクサンダーの情熱に満ちた瞳が思い出される。彼との口づけを。肌に触れられた時の感触を。低い声で紡がれる優しい言葉の数々を。

ベルモンド伯爵はマリオンがろくに動けないのをいいことに、悠長な動きで簞笥の引き出しから黒塗りの革でできた紐を持ち出してきた。質量を確かめるように、革紐をピンと張ったりゆるめたりしながら、マリオンに近づいてくる。

心臓が痛いほど強く脈を打った。まるで体中の臓器までがベルモンド伯爵に触れられるのを拒んで、抗議の声を上げているようだった。それなのに、手足は言うことを聞いてくれない。

ついにベルモンド伯爵が寝台の上に乗り、マットレスがぎしっと軋む。

この卑怯な貴族は、まるでマリオンを我が物のようにじっくりと見下ろし、満足げに微笑むと覆い被さって顔を近づけてきた。

とてもではないが我慢できなくて、マリオンは渾身の力を込めてベルモンド伯爵の顔に唾を噴きつけた。

少量の唾液がベルモンド伯爵の色白なほおにかかる。

「この……っ、売女《ばいた》めが……！」

ベルモンド伯爵は革紐を持ったままの手でマリオンの顔を打った。衝撃と痛みに星が散るような幻覚が頭の中を舞ったが、マリオンは後悔しなかった。

このままなにもしないでおとなしく抱かれたら、きっと一生後悔する。

しかし、時は残酷に進んだ。

シャツの袖口でマリオンの唾をぬぐったベルモンド伯爵は、ぶつぶつと罵りの文句を言いながら、マリオンを縛る作業をはじめる。

抵抗しようと必死でもがいていると、徐々に……ほんの少しずつではあるが、痺れが軽減してくるのを感じた。それでも大の大人の男をひとりどうこうできるだけの力にはならず、マリオンの動きは虚しく宙をさまよった。

「……め、て……」

声を絞り出そうと挑戦すると、割れてかすれた弱々しい音が漏れた。

それは外部に助けを求めるには不十分なことはもちろん、ベルモンド伯爵の耳にさえ届かないようなか細い声だったが、マリオンにとっては小さな希望だった。この麻酔ガスとやらの効果は永遠ではないのだ。

なんとか時間を稼げれば、逃げられるかもしれない。なんとか……。

口の中には鉄を舐めるような味が広がってくる。顔を打たれた時に、唇か口内を切ったのかもしれない。血の味は涙の味に似ている、と思った。

ベルモンド伯爵はまず、マリオンの手首から縛りはじめた。

(痛……っ!)

乱暴でいて雑な縛り目をいくつも繋げるような拘束の仕方は、アレクサンダーの洗練された、計算しつくされた官能的な緊縛とはまったく違った。

アレクサンダーの縛りに痛みはほとんどない。ただ、彼の欲望に取り囲まれていることを感じられる程度の圧力と圧迫、ぎゅっと包まれる緊張感が肌に走るだけだ。

それなのに、アレクサンダーの縛りは完璧で、一度捕らえられると動くことは叶わなかった。

ベルモンド伯爵のそれは違う。真逆だ。

痛くて不愉快なのに、動こうと思えば動けるだけの隙があった。もし手足の痺れがなかったら、振り切ることができるのではないかと思えるほどの不完全さだった。

嫌がる女を縛っているというのに、利き手である右手首からではなく、左手首からはじめるというのもいい加減だ……。

そこまで非力だと思われているのか、麻酔ガスの効果を過信しているのか、ただ酔っ払って判断力が低下しているだけなのか……。

なんにしても、このベルモンド伯爵の隙を利用することだけが勝機だとマリオンは確信した。あとはもう祈るしかない。

(アレクサンダー……。お願い……)

神よりも、両親よりも、なによりも真っ先にアレクサンダーの姿が思い浮かぶ。

もしマリオンがここで凌辱されてしまったら、彼はなにを思うだろう？

怒るだろうか？　悲しむだろうか？

それとも、金で買っただけの女がどうなろうと知ったことではないと、気にも留めないだろうか？

（いいえ……）

自惚れかもしれない。でも、そんなことは決してないと、マリオンは心のどこかで信じていた。


《アフロディーテ》は元々、王宮ゆかりの後宮として栄えた。

だから当然その立地も第一級で、首都の旧市街、王宮や政府機関の林立する最も高級な通りに面している。

治安判事のいる警察庁舎が置かれたレンガ造りの厳かな建物も、《アフロディーテ》からそう遠くない一角にたたずんでいた。おかげで、フロックウェルの運んだアレクサンダーの報告書や手紙はすぐに判事の手元に届き、ほどなく目を通された。

「なんと……。噂には聞いていたが、ここまで細かく調べたのはあなた方がはじめてですな、ミスター・フロックウェル。さっそく逮捕のための捕り手を送りましょう。彼は《アフロディーテ》におるんですな」

アレクサンダーの焦りと苦労を知っているフロックウェルは内心喜びに躍り出したい気分だったが、うまくそれを隠し、ひょいと肩をすくめながらうなずいてみせた。

「ええ。シャバの空気を吸う最後の場所としては、悪くない選択でしょうね」

「まったくですな。悪人ほど世にはばかるものだ」

「では至急、お願いします」

治安判事は五十歳になったばかりの鋭い灰色の瞳を持つ切れ者で、革新的なことで有名だった。

ついでに言えば、彼は貧しい商人の息子から現在の地位に上り詰めた叩き上げの男で、上流社会や貴族の既存特権を必死で守ろうとするベルモンド伯爵を煙たく思い、逆に成り上がりのアレクサンダーには一種の同属意識と好意を持っていることをフロックウェルは調べ上げていた。

だから、一旦証拠を揃えれば、彼がアレクサンダーたちの味方になってくれることは半分確信していた。

そんな治安判事の目が鋭利に光る。

「……なにか、そんなに急ぐ理由がおありかな、ミスター・フロックウェル？」

フロックウェルはつい……はい、そうです、ミスター・アヴェンツェフは競りで買い落とした女性に哀れなほど夢中で、さっさとベルモンド伯爵を檻の向こうに送り込んで、その女性とゆっくり逢瀬を楽しみたいのです……と、口を滑らしそうになった。

「いいえ、判事殿。正義は速やかに執行されるべきだと考えるだけです。我々には次にしなければいけない仕事が山のように待っていますからね」

　ふたりの男は治安判事の執務室でにやりと笑みを交わした。

「まったくその通りだ。さあ、行こうか」

　フロックウェルは安心と満足にさらに相好を崩し、きびきびと部下に命令を下す治安判事のあとについて、庁舎を出た。


　アレクサンダーがたいていのことには心を動かされないようになって、すでに十五年以上が経っていた。もはや、自分がこれほどに焦り、居ても立ってもいられず、追い詰められることがあるとは思ってさえいなかった。

　しかし、現実に、アレクサンダーは足元に火がついたかのように落ち着かない気持ちで、《アフロディーテ》の舞踏会場を歩き回っていた。

　マリオンの姿がない。

　一緒に行かせた使用人も見当たらなかった。

　あちこちに聞き込みし、怪訝な顔をされ、それでもレモン色のドレスを着た赤みがかった金髪の、大きな水色の瞳の女性を探し続けた。

　が、成果のほどは芳《かんば》しくなかった。

　そもそも、男性客も《ミューズ》も酔っていて自分の娯楽に忙しく、周囲で誰がどうしていたかなど覚えている者は皆無に近かった。

毎晩のように催し物に出ていた連中は互いに顔見知りになり、グループを作って陽気に騒いでいたが、マリオンもアレクサンダーもそういった集いには最初の緊縛ショーをのぞいて一度も顔を出さなかった。それがあだになり、マリオンと会話を交わすような間柄の人間はひとりもいなかったのだ。

これでは埒《らち》が明かないと、アレクサンダーは舞踏会場を出てマダムを探すことにした。必要なら《アフロディーテ》中の部屋という部屋、すべての場所をひっくり返して探索する覚悟だった。

もしくは、世界中でさえ。

アレクサンダーはマリオンを求めてさまようだろう。

華やかに飾られた舞踏会場を出ると、そこは大きな彫刻や観葉植物が飾られた空間になっている。《アフロディーテ》の館内装飾は素晴らしかったが、そんなものはもはや、どうでもよかった。

「マリオン！」

アレクサンダーは叫んでいた。叫ばずにはいられなかった。

すると、彼の怒声に答えるように、細い影がすっと葉の広い植物の後ろから現れた。アレクサンダーは息をのみ、まさか、と思って体を硬直させた。マリオンを再びこの腕に抱けるかもしれないと期待しただけで、心臓が痛いほど強く脈打った。

しかし……。

「も……申し訳ありません……ミスター・アヴェンツェフ……」

「君は……」

不安に満ちた表情で、両手を胸の前で握りながら立っているのは、マリオンと一緒に舞踏会場へ送ったいつもの使用人だった。

茶色の髪、茶色の瞳、そばかすの乗った色白の肌に小柄で細い体型の彼女は、無口で、必要最低限以上の交流はほとんどなく、アレクサンダーは名前さえ知らなかった。

しかし……マリオンを連れ出した時だけは、いつになく饒舌《じょうぜつ》で……。

「くそ」

アレクサンダーは怒りを込めて自分自身を罵った。

ベルモンド伯爵告発のための用意をするのに夢中で、こんなあからさまな兆候に気づかないでいたとは、自分を千回罵倒しても足りない……。

「君が……マリオンをおびき出したのか？　首謀者は誰だ？　どうせベルモンド伯爵だろう。金を握らされたのか？」

「あ、あたし……っ、脅されたんです……！　そうしなきゃ故郷の家族に害が及ぶぞって言われて……怖くて、仕方なくて……」

哀れな使用人は顔面蒼白で、うつむき加減で震えながら罪を告白する。

アレクサンダーはますます苛立ちを募らせていった。家族。人質。いつだって悪人はそうやって人々を苦しませる。

少年の日のアレクサンダーは母のために憎い男に凌辱され、マリオンは母親のために春を売る決心をし、この使用人は悪行の片棒をかつがされた。いつまでも堂々巡りの悲劇ばかりだ。

こんな茶番は一刻も早く終わらせなければならない。

マリオンを、取り戻さなければ。

「彼女はどこにいる……」

使用人は、見えない汚れが落ちなくて困っているかのように、何度も忙しく手を擦り合わせていた。まるで、アレクサンダーから殴られるのを覚悟して身を固くしながら肩をすくませているようだった。

よい兆候とは思えなかった。

気がつくとアレクサンダーは、建物全体が震え出しそうな大声を上げて使用人を怒鳴りつけていた。

「彼女はどこにいると聞いている！　事と次第によっては、お前もベルモンドと一緒に頭をもいでやるぞ！」

理性は消えていた。恐怖が身を包んだ。魂を真っ二つに切り裂かれたように胸が痛んだ。マリオンの涙を想像すると、それだけで心臓が止まってしまいそうだった。

「あ……空き部屋の……ひとつに……」

使用人は、怯えきった小さい声でぽつりと答えた。

「どこだ。そこへ案内しろ、今すぐ！」

アレクサンダーは突進するように使用人に近づき、彼女の腕を取るといささか乱暴に引っ張った。女性に対する良心や道徳さえも、激しい怒りの前に霧散していた。

早く……。

早くマリオンを見つけなければ、誰かをこの手にかけてしまいそうだった。

幸い、使用人に反抗の意思はないようだった。泣き出しそうな顔をしながら、アレクサンダーの言葉にうなずき階段を指差す。

アレクサンダーは使用人を連れて獰猛な足取りで階段を駆け上った。踊り場を過ぎ、二階に辿り着くと使用人はまた無言で目的の方向を指差す。

長い回廊の先、あまり使われていないであろう寂《さび》れた一角に、その部屋の扉があった。

「か……鍵はありません……。あの伯爵に盗られて……」

「必要ない」

と、アレクサンダーはそっけなく言った。そして続ける。

「もうすぐ《アフロディーテ》に治安判事とその部下たちがやって来て、俺か、ベルモンド伯爵を探すはずだ。そうしたら彼らをここへ案内してくれ」

ことの大きさにおののいた使用人は、目を白黒させながらもなんとかこくこくと小さくうなずいた。そして逃げるように駆けていく使用人の背中を見送ると、アレクサンダーは深く息を吸った。

まずは扉をノックするというような文明的な選択をするには、頭に血が上りすぎていた。アレクサンダーはその優れた体軀を利用し、渾身の力と、怒りと、マリオンへの渇望を込めて扉を蹴り飛ばした。

一発目で蝶番がひしゃげ、二発目で扉をなぎ倒すことに成功した。扉『だったもの』は、乾いた音を立てて部屋の内部へ落ちる。

室内は薄暗く、肉眼ではすぐに全貌を見渡せなかった。

ただ、ひどく人工的な鋭い匂いが、あたりに充満している。吸い込むだけで頭が痛むような悪臭だった。

「マリオン！　ここにいるのか！」

彼女からの返事はなかった。しかし、部屋の中央に置かれた四支柱式の寝台の上で動く影がある。

世界一醜い声がその影から発せられた。

「アヴェンツェフ……この生意気な小僧が……！　せっかくいいところを、ことごとくわたしの邪魔をする気で……」

その言葉の続きは、なかった。

アレクサンダーは人ならぬ雄叫びを上げ、ベルモンド伯爵に襲いかかっていた。怒りに目がかすみそうだった。アレクサンダーはベルモンド伯爵の胸倉を摑み、飛びかかった勢いで一緒に寝台から落ちて床に転がった。

ベルモンド伯爵は雌鶏《めんどり》のような悲鳴を上げながらアレクサンダーの拳から身を守ろうとしていたが、アレクサンダーは容赦しなかった。相手が戦意を失うまで殴りつけると、呼吸を荒らげたままゆらりと立ち上がる。

「マリオン？　無事なのか……？」

気配はするのに、返事がない。

恐怖にすくみそうになる足をなんとか奮い立たせたアレクサンダーは、寝台に戻り、愛する女性の姿を確認した。

彼女はおのおの手首足首を寝台の支柱にくくりつけられ、大の字に寝かされていた。傷ついた瞳で、なにも言わずにじっとアレクサンダーを見つめている。

アレクサンダーは呼吸の仕方がわからなくなった。

目頭になにか熱いものが込み上げてくる。もしかしたらこれが、涙というものかもしれ

ない。もうとっくに流し方など忘れていたのに。

「ああ……マリオン……すまなかった……。もっと早く来ていれば……。大丈夫か？」

自分の質問の馬鹿らしさに自己嫌悪が込み上げる。『大丈夫か？』だと……。大丈夫なはずがない。

当然、マリオンは答えなかった。

アレクサンダーはどんな繊細な高級品よりも大切にマリオンのほおに触れた。彼女の唇の端が切れているのを見て、いたたまれなくなる。

彼女の体は愛され、守られるためにあるというのに。アレクサンダーは彼女をいつも縛って抱いていただけではない。あの悪魔のような男が彼女を縛り、乱暴するのを、止められなかった。

「すまなかった……。マリオン、愛しているよ。泣かないでくれ……」

己の瞳に涙が伝っていることに気がつかないまま、アレクサンダーはマリオンのほおを濡らす水滴を指でぬぐっていた。


なにが起きたのかまだ信じ切れずに、マリオンは震えながらほおに触れるアレクサンダーの指の感触を受け入れた。それは優しく、ともすればじれったいほどに慎重な動きで、マリオンの涙の跡を指で追う。

つい今しがた、猛獣のような勢いでベルモンド伯爵をなぎ倒した男性と同一人物とは思えないほど、用心深い細やかな動きだった。

「……ア……」

彼の名前を呼ぼうとしても、まだうまく声を紡げない。ここで目覚めた時より回復しているのは確かだが、それでもまだ、きちんと喋れるまでは時間がかかりそうだった。

ベルモンド伯爵にすべての手足を縛られ、もう絶体絶命だと覚悟を決めなければならなかったその時……アレクサンダーは夏の嵐のように激しく、突然に、この薄暗い部屋の扉を蹴破ってやって来た。

まさに奇跡だった。

だから、マリオンはベルモンド伯爵に強姦されていない。

それをアレクサンダーに伝えたいのに、まだ声が出ない。

アレクサンダーは完全に誤解しているようで、切ない謝罪の言葉を繰り返しながら、マリオンの肌や髪、傷を、優しく撫で続ける。体の芯が甘くうずき、アレクサンダー・アヴェンツェフを求めて狂おしく震えた。

アレクサンダーはゆっくりと額をマリオンの額に当て、至近距離から彼女の瞳を見つめる。

口づけが交わされるのかと思ったが、それはなく、アレクサンダーはかすれた声でささやいた。

「解いてあげよう。もう怖がることはないよ」

マリオンはこくりとうなずいた。自分からは喋れないから、アレクサンダーが質問してくれれば首を振って答えられるのに、彼はその話題を恐れているかのようにひと言も漏らさなかった。

多分これは彼の優しさなのだろう。でも、もどかしかった。

アレクサンダーはマリオンの横にひざまずくような格好でゆっくりと慎重に拘束を解いていった。さすが……と、こんな時に言ったら彼を傷つけるかもしれないが、やはりアレクサンダーは巧みな熟練の動きでやすやすと革紐を解放させた。

痛みはひとつも感じなかった。

ついに四ヵ所とも自由になると、アレクサンダーはマリオンを胸の中に抱き寄せてぎゅっと離さなかった。

彼の両手はまさぐるようにマリオンの背中を這い、唇をのぞくすべての場所へ口づけを施していった。肩。首筋。ほお。耳たぶ。頭のてっぺん。

そして最後に、マリオンの様子を注意深くうかがいながら、唇に口づけた。

最初はついばむように、軽く。

それがいつしか、あまりの求めにマリオンが尻込みしてしまいそうになるほどの激しさに変化していく。マリオンは言葉で伝えられない想いを、口づけに託して必死で情熱に応えた。

「ん……」

「マリオン、なにか言ってくれ。俺は、君のためになにをしたらいい？」

口づけの合間に、なんとか声を出そうと試みる。あえぐように口元をぱくぱくと動かし、現状をアレクサンダーに教えようとした。

その時だった。

部屋の外の廊下から大勢が駆け足で近づいてくる音が聞こえる。《アフロディーテ》らしからぬ騒音に驚き、マリオンは顔を上げたが、アレクサンダーは落ち着き払ったままだった。

「心配しなくていい。彼らは俺たちのために来たのだから」

アレクサンダーが耳元にささやく。

意味をのみ込めなくて瞳をまたたくマリオンを、アレクサンダーはさらに強く抱きしめる。ドレスは乱れて皺だらけになっていたが、幸い破れてはいなかった。

ほどなくして、厳しい表情の立派な身なりの男性が数名、ばらばらと慌ただしく部屋の入り口に現れた。

彼らは蹴破られてあらぬ形で床に落ちている扉を気にするでもなく、きびきびと入室すると、ひとりはカーテンを開けて部屋に光を入れ、ひとりは注意深く室内を探索しはじめ、残りの二名ほどが床に倒れているベルモンド伯爵を捕らえて手錠をかけた。

——手錠？　どういうこと？

マリオンの声なき疑問に、男性たちの中で最も威厳のある白髪交じりの濃い金髪と灰色の瞳が印象的な人物が、ベルモンド伯爵の前に進み出て答えた。

「ベルモンド伯爵、違法な収賄と横領、殺人容疑で逮捕する。ついでに見たところ、強姦も罪状に書き加えなければならないようだがね」

ベルモンド伯爵は鼻と口元から少なくない量の血を流していて、うめきながらなにか叫ぼうとしていたが、あまり成功しているとは言い難かった。

もしかしたら歯が抜けたか、鼻が折れたかしたのかもしれない。先刻のアレクサンダーの激しさを思えば、どちらも現実味があった。

しかし……殺人……？

誰の……？

まさか……。

「お……とぅ……さ……ま……？」

出てきたのは乾ききったかすれた声で、ほんのかすかな響きでしかなかった。混乱の中ではきっと誰の耳にも届かないだろうとマリオンは思ったが、アレクサンダーはそれを聞き逃さなかった。

「知っていたのかい？」

マリオンはうなずき、顎をしゃくって男たちに無理やり立たされているベルモンド伯爵を指した。鋭いアレクサンダーにはそれだけで十分だったようだ。

ベルモンド伯爵は抵抗しようとしていたが、多勢に無勢、しかも酔ったままの状態で、結局無様に引きずられていった。

「くそ……っ、覚えていろ……！」

マリオンの人生を狂わせた男は、最後にそう言い残して彼女の視界から消えた。

——ええ、確かに、忘れることはないでしょうね。でも、あなたの影に怯えることはもうないでしょう。

もし声を出せたら、マリオンはそう返していただろう。

アレクサンダーの腕に包まれながら、マリオンはぼんやりとそんなふうに考えていた。

しばらくすると、灰色の瞳の紳士だけがその場に残り、ほかの男性たちはベルモンド伯爵と共に部屋から出ていった。陽の光が入った部屋は薄暗かった時に比べればだいぶ明るく見えたが、それでもマリオンにとっては嫌な経験をした場所だ。

マリオンは無意識にアレクサンダーに身を寄せていた。

「ご足労を感謝します、ハンター治安判事」

アレクサンダーの慇懃な礼の言葉に、ハンター治安判事と呼ばれた灰色の瞳の男は顔をほころばせながらうなずいた。

「あれほど詳細な調書を渡されては動かないわけにはいくまい。もともと、ベルモンドはわたしの目の上のコブでもあったしな……。わたしが提案する警察庁の新法案をことごとく潰そうとしていた」

「存じていますよ」

アレクサンダーは含みのある皮肉っぽい笑みを浮かべ、ハンター治安判事に答えた。マリオンは不思議と、このふたりの男性は静かにお互いを尊敬し合っているのだろうと確信した。そんな厳かな空気がふたりの間にはあった。

「ハンター治安判事、こちらはミス・マリオン・キャンベル……マーガレットとヒューバート・キャンベルのひとり娘です」

だしぬけに自分を紹介され、マリオンは慌てて頭を下げた。そして、

「マリオン、こちらはハンター治安判事。非常に意欲的で有能な方だ。今回は俺とフロックウェルの出したベルモンド伯爵に関する調書に目を通してくださり、すぐに駆けつけてくださった」

アレクサンダーにそう評されたハンター治安判事は、まんざらでもない顔でうなずくとマリオンたちに一歩近づいた。

「なんと、君がマリオン・キャンベルとは……。今回のことは本当に大変だったでしょう。お悔やみを申し上げる」

　凌辱されそうだったところを奇跡的に助けられただけでなく、治安判事のような地位の高い人間に弔意を表され、マリオンはなんとも言えない気分になった。まるで急に別世界へ飛ばされたようだ。

「お父上のことは本当に残念だった。ベルモンド伯爵には一刻も早く正義の裁きが下るよう、わたしどもも努力させていただきます。そして今回のことは……」

　ここで、ハンター治安判事は言いにくそうに言葉尻を濁した。アレクサンダーもまるで腫れ物に触るような慎重さでマリオンに接している。

　マリオンがきちんと喋れないせいで、彼らはまだなにが起きたか知らないのだ。おそらく乱暴されたと思い込んでしまっている。

　アレクサンダーは間に合ったのに。

「い……ぃ……え」

　首を横に振りながら弱々しくそう漏らすと、マリオンは喉を押さえて口を無音で動かし、思うように声が出せないことを表現した。

　幸い、アレクサンダーもハンター治安判事も敏感で賢い男たちだった。

　すぐにマリオンの意味するところを理解し、マリオンが首を縦に振るか横に振るかで答えがわかるような質問の仕方に変えた。

「……ベルモンド伯爵は君を乱暴したのかい？」

ハンター治安判事の問いに、マリオンは首を横に振って否定した。アレクサンダーが深く息を吸って、ぴたりと硬直するのがわかった。

「しかし、君をここに連れ込んで声が出せないようにしたのは奴だろう？　目的は君を手篭めにすることだった……？」

マリオンはこくりとうなずいた。

そして、そっと微笑んでアレクサンダーの胸元を指差した。ハンター治安判事の笑みは、彼の安堵と、そして人間らしい優しさを如実に表していた。

「それはつまり……ベルモンド伯爵が目的を果たす前にアヴェンツェフが君を助けてくれたということかな？」

マリオンはもう一度うなずいた。

アレクサンダーの胸が激しく上下する。彼がこの知らせを喜んでくれているのは火を見るよりも明らかだった。

「本当かい、マリオン？　奴はまだ、君を奪ってはいなかった……？」

しばらく黙っていたアレクサンダーが、感極まった声でマリオンに問う。マリオンは口だけ動かして『本当よ』と伝えた。

その時にアレクサンダー・アヴェンツェフが見せた表情を、マリオンはきっといつまで経っても忘れないだろう。驚きと、喜びと、誇りと、愛情と……。そんな感情の渦が彼の端整な顔に浮かび、見たこともないほど美しい笑顔が現れた。

そして痛いほどきつく抱きしめられた。

マリオンはそっと瞳を閉じ、いっぱいに膨らんでいく愛しさと喜びを胸に、できる限りの力で彼を抱き返した。

「おやおや」

と、ハンター治安判事の弾んだ声が聞こえた。

「ここはお邪魔するべきではなさそうだな。アヴェンツェフ……申し訳ないが、事情聴取をする必要があるから、あとでミス・マリオンを連れて警察庁舎へ来てくれるね」

アレクサンダーがうなるような声でイエスに似た音を絞り出すと、ハンター治安判事は肩をすくめて、そのまま部屋を出て行った。

第八幕　解き放たれる

自分たちの客室に戻ると、ここにいたのはたった数時間前だったはずなのに、妙に懐かしく感じられた。

マリオンは薄い白のシーツに包まれ、アレクサンダーに大切に横抱きにされて寝台まで運ばれた。

まだひどくかすれた声色になってしまうが、少しずつ喉が回復しはじめているのを感じる。肢体の痺れもだんだんと和らいできた。

「……レク……サ……」

「しーっ、静かに。無理に声を出さなくていい。もうしばらくすれば、自然と治るだろう。なにかのガスを吸わされたんだな。怖かっただろう」

ふたりは寝台の縁に腰を下ろし、互いの姿を確認するようにじっくりと見つめ合った。

アレクサンダーの片手がマリオンの顎の下に伸びてきて、クイっとわずかに上を向かされる。アレクサンダーはいつになく真剣な顔だった。

「君になにかあったのではないかと思っただけで、生きた心地がしなかった」

食い縛った歯の間から吐き出すように、アレクサンダーは苦しげに告白した。なにかうまい慰めの言葉を口にしたかったが、なかなか見つからない。

アレクサンダーは続けた。

「だから避けてきたんだ。だから……嫌だった。誰かを愛すること。多分、俺は、気に病みすぎる性質でもある。一度誰かを愛したら、四六時中その相手のことばかり考えて、心配して、世界のすべての悪から守りたいと必死になる……」

マリオンは辛抱強くそれに続く言葉を待った。

ええ、あなたはその通りに、わたしを悪から守ってくれたわ……と伝えられたらどんなにいいだろう。しかし今のマリオンのかすれた声では、そこまではっきりと喋ることはできなかった。

アレクサンダーの親指がマリオンのほおを撫でる。

「愛してる、マリオン。もう君を離したくない……。今までずっと、俺には君と生きる資格はないと思ってきた。俺のような獣はいつか君を傷つけてしまうと。しかし、もう無理だ。君なしでは生きられない。君と歩む未来を、俺に、許して欲しい……」

マリオンが微笑み、こくりとうなずくと、アレクサンダーはその端整な顔をくしゃりと崩し、少年のような笑みを浮かべた。

「俺はずっと、自分のような人間がどうやって君を幸せにできるかと考えていた。君から離れるのが最善の道だと思い込もうとした……しかし、無理だったんだ。無理なんだよ。君を手放すことなどできない。できない俺を、許してくれるかい？」

マリオンは再び、いちもにもなくうなずいた。黙ってそっと手を伸ばし、アレクサンダーのほおに触れると、彼は世界で一番美しいものを見るように目を細めた。

「俺は過保護な恋人になるよ、マリオン」

アレクサンダーはそう宣告した。それで十分だった。

言葉にできない愛しさをありったけ込めて、マリオンは自分から首を伸ばしてアレクサンダーに口づけする。

唇と唇が触れた瞬間、擦ったマッチ棒のようにまたたくまに炎が燃え上がった。

その炎はすぐにふたりを包み、アレクサンダーはさらに情熱的な口づけをマリオンに返す。

呼吸を忘れるような接吻が繰り返されたあと、すぐに、アレクサンダーの腕がマリオンの背中に回され、ぐっと抱き寄せられる。上半身同士がぴたりと寄り添い、互いの男女が布越しに触れた。

アレクサンダーは勃起していた。それも、相当に激しく。もし声が出せたら、それを言葉にして指摘していたかもしれない。しかしマリオンは黙って彼の欲望を受け入れた。

アレクサンダーはまずドレス越しにマリオンの胸を愛撫したが、ほどなく互いにじれったくなり、ドレスの前身頃が解かれふくよかな胸が外に晒された。

すでにほんのり色づいていた胸の先の蕾は、アレクサンダーの口に含まれ、舌で愛されて、真珠のように硬くしこった。

「ふ……ぁ……ぁ……」

アレクサンダーは巧みに胸を刺激しながら、腕を袖から抜き、さらにドレスを引き下げてマリオンの上半身をまったくの裸にする。マリオンはずっとしたくて、できなかったことをした……。

アレクサンダーの髪に、指を通すこと。

自分の意思で彼に体を近づけること。

言葉はなくても、まるで何度も繰り返してきたかのように、どれも自然に行われた。アレクサンダーはそれをなんの抵抗もなく受け入れてくれる。

乳房に愛撫を受けながら、マリオンはアレクサンダーのほおや、うなじに触れ、甘えるように彼の肌に唇を寄せた。

ずっとしたくて、叶わなかったこと……。

縛られることに不満があったわけではない。でも、こうして解放され、思いのままに彼に近づくことができるのは素晴らしかった。彼の激情を受け入れるだけでなく、自分の深い想いをも、彼にぶつけることができる自由。

愛の行為は次第に親密さを増し、気がつくとドレスはすべて取り払われ、マリオンは全裸となってシーツの上で愛しい男性に組み敷かれていた。

口づけは何度も繰り返され、ふたりの舌は幾度となく絡み合う。

「……は……っ」

耳たぶを嚙まれて、マリオンの体はぴくりと跳ねた。

アレクサンダーが何事かをマリオンの耳にささやく。異国の響きを持ったその言葉は、マリオンにとって意味をなさない音の羅列でしかなかったが、その響きはどうしようもなく優しく、愛情深かった。

きっと彼の母国語だろう。

それだけマリオンに心を許してくれているという事実が、なによりも嬉しかった。

アレクサンダーが言語を変えているのは無意識なのかもしれない。マリオンには伝わらないにもかかわらず、まるで話しかけるように何度も似たような一句を繰り返した。

マリオンは微笑まずにはいられなかった。

ひとりは喋れなくて、ひとりは外国語を喋っている。

それなのにふたりはひとつで、完全にお互いを理解し合っていた。求め合っていた。愛を分け合っていた。

愛撫は言葉となり、マリオンの肌に刻まれ、溶けていく。

アレクサンダーの唇がマリオンの口を離れ、喉を通って、すぅっと一直線に下っていった。下腹部からさらに下へ向かうと……マリオンの最も敏感な部分がひっそりと隠れた茂みに到達する。

アレクサンダーは両手でマリオンの太ももを両方押し広げると、舌を使って陰部を舐め上げた。

とてつもない官能がマリオンを襲う。

体のあちこちがビクビクと震えた。アレクサンダーの攻めが花弁の間にひそんだ蕾に集中しはじめると、マリオンはもう耐えきれなくなった。

絶頂の波がマリオンをさらい、あまりの快感にすすり泣きが漏れた。

が、もちろん、それが終わりではない。

マリオンが達するのを見届けると、アレクサンダーはついに服を脱いだ。長身のたくましい肉体と、それに見合った猛々しい男性部分が現れる。呼吸は荒く、表情は野性的で、これほど雄を感じる姿はなかった。

アレクサンダーはもう一度、彼の生まれた国の言葉でなにかをマリオンに尋ねた。意味はわからなかったのに、マリオンに答えはひとつしかなかった。

――はい。

唇だけ動かしたマリオンに、アレクサンダーはこくりとうなずいた。

そして歯を食い縛ると、熱く硬く血潮のたぎる肉棒をマリオンの中に一気に埋めた。

「――――っ」

太いものに己を貫かれる原始的な快楽に、マリオンは首を仰け反らせ、背を弓なりにして打ち震えた。アレクサンダーは最も奥まで到達すると、天井に向かって短い雄叫びのような声を上げた。

そしてもう一度、もう一度、と……何度も強くマリオンをうがつ。

この交わりには、今までとは違う親密さがあった。アレクサンダーは完全にマリオンに心を許し、マリオンは想いのすべてをアレクサンダーに預けていた。

マリオンの膣はアレクサンダーの抽送が与える刺激に敏感に反応し、伸縮して、彼のものを貪欲に咥える。

マリオンは両手を彼の背中に伸ばし、しがみついた。縛られている時とは違って、アレクサンダーの筋肉の躍動がもっと直々に伝わってくる。

それは素晴らしい快感だった。

マリオンの中からとめどなく溢れる愛液が、ふたりの行為に妖艶な音を加える。

それさえも、クライマックスの瞬間が近づいたアレクサンダーが動きを速めると、もうマリオンの耳には届かなくなった。

視界がぼやけ、すべてが明るく見えた。

時々、アレクサンダーが低い声でなにかをつぶやく。汗がふたりの動きをさらに艶めかしく見せ、軋む寝台は水鳥の鳴き声に似た音を上げた。

このままふたりは溶けてしまうのかもしれない。

それでも構わなかった。いっそ、そうなって欲しいとさえ思った。

アレクサンダーは一瞬だけ動きをゆるめ、マリオンの唇を吸うような深い接吻を彼女に与えた。ふたりの息が絡み、唾液が混じる。

この口づけを合図に、アレクサンダーの動きは獣じみた激しさに変貌していった。世界が揺れて、マリオンをのみ込む。

マリオンが絶頂を感じて恥部を痙攣させると、それに耐えきれなくなったアレクサンダーの肉棒は欲望を爆発させた。

最後の瞬間……アレクサンダーの太い竿《さお》がさらに幅と硬さを増して白濁を放つ時、マリオンはあまりの素晴らしさにほとんど我を失っていた。こんな原始の喜びはなかった。

愛する男性の欲望をその身に刻む、この、至福……。

アレクサンダーは果てた直後のままの姿勢で、しばらく絶頂の余韻に浸っているようだった。やがて、疲れた体でどさりとマリオンの上に覆い被さってくる。

そして彼女をぎゅっと抱きしめた。

彼の黒髪が垂れてきてマリオンの目元をくすぐる。ふふ、と喉の奥で笑いながら、マリオンはアレクサンダーの髪の一部を梳いた。

アレクサンダーも微笑んでいた。

ふたりは大切な部分を繋げたまま、息が整うまでしばらくシーツの上で抱き合って動かずにいた。時は優しく流れる。

もう、三週間の期限が終わってしまうのを憂いたり、アレクサンダーの気持ちがわからなくて不安になったりする必要はなかった。

たとえどんな未来がふたりの前に待っていたとしても、ふたりはきっと道を見つける。

きっと……。

数分後、やっと普段通りに息ができるようになって、マリオンがアレクサンダーの重さや彼の香りをこっそり楽しんでいるところだった。アレクサンダーはおもむろに上半身を上げるとわずかに肌を離し、マリオンを見下ろした。

「大丈夫だったかい？　少し……激しくしすぎてしまったかもしれないな」

その時、マリオンは自分の喉がずっと軽く、すっきりしてきているのに気がついた。思い切って口を開けてみると、まだかすれ気味ながらもきちんと声を出すことに成功した。

「……い……え……。素晴らしかったわ、アレクサンダー」

アレクサンダーは満面の笑みを浮かべた。

彼のような男性的な顔つきの人が屈託のない笑顔を見せると、ひどく可愛らしく、ともするとどこか少年のような子供っぽい表情になることを、マリオンは学んだ。愛しさで胸がはち切れそうだった。

「喋れるようになってきたね」

「ええ」

「素晴らしい進歩だ。すぐによくなるよ」

「あなたの進歩に比べたら、小さなものですけど」

クスクスと笑いながらそう答えると、アレクサンダーは心外だとでも言いたげに片眉を高く上げた。

「俺の進歩？」

「まぁ……気づいてなかったんです……か……？」

つい大胆な気分になって、マリオンは片手の人差し指の先でアレクサンダーの硬くて厚い胸板をスーッとなぞった。

「わたしは今……手を使えます。あなたが縄を解いたわけでもないのに。ねぇ……どうしてかしら？」

今度のアレクサンダーはまるで百面相だった。

一瞬、尻尾を摑まれた猫のように驚いた顔をしたかと思うと、次は蒼白になり、あからさまなうろたえを見せた。そして、じっとマリオンを見下ろしながら、なんとも言えない誇らしげな笑みをゆっくりと咲かせた。

「君を……縛らずに抱いた……」

アレクサンダーは気がついた真実をぼそりと口にした。

マリオンはうなずく。

まだ繋がっている部分が、じん……とうずいた。なんとアレクサンダーの男性自身はまた力を得て、わずかな勃起をはじめたのだ。

「それだけじゃない……どうも、このままもう一度君を抱けそうだ……」

信じられないとでも言いたげに、アレクサンダーはしきりに首を振る。

マリオンは再びうなずいて、二度目の行為を快諾し、彼を励ますように微笑む。

アレクサンダーの体がさらに近づいてくると、マリオンは両手を伸ばして彼の背中に思う存分しがみついた。

そうせずには、いられなかったから。

エピローグ　愛を誓う

約束の三週間いっぱいの蜜月を《アフロディーテ》で最後まで過ごしたふたりは、ついに外の世界に戻ることになった。

《アフロディーテ》を出てマリオンが最初に向かったのは、もちろん母マーガレットの待つ自宅だ。

年老いた女使用人と、なんとか工面した三週間分の生活費を母に残したマリオンは、女学生時代の友人の家にひと月ほど世話になりに行くと嘘をついて出てきたのだった。

友人の家へ行く代わりに、マリオンは《アフロディーテ》の門を叩いた。

今思えば本当に大胆なことをしたものだが、結果として、マリオンの選択は正しかったのかもしれない。

贅沢に漆喰を施された黒塗りの馬車から降りて、塗装のはげかけた自宅の玄関の前に立った時、マリオンは心からそう思った。

アレクサンダーがマリオンとの三週間に対して払ってくれた金額――五千ルビー――の半分はマリオンの取り分だったから、それだけで当面はなんとかなる。失った家財をすべて買い戻すのは無理だろうが、母娘ふたり、慎ましく生きていくための最初の一歩としては、悪くない資金だ。

三週間前にこの家を出てきた時のマリオンと、今のマリオンはもう同じではなかった。女になることを学び、愛を知った。

強がっていても本当は怯えるばかりだった小娘から、勇気を持った大人の女へと変わった。……少なくとも、マリオンはそう信じたかった。

スカートの裾をわずかに持ち上げ、玄関前のレンガの階段を上りながら、マリオンはまだ停まっている黒塗りの馬車を振り返った。

そして馬車の中にいる人物に微笑みかけると、玄関に向き直る。

ノックしようと手を上げた瞬間、玄関の扉が勢いよく開いた。

「マリオン！　あぁ、待っていたのよ！　聞いてちょうだい、信じられないことがいくつも起こったのよ！」

「お母さま。ただいま帰りました」

「よく帰ってきてくれたわ。あなたがいなくて本当に寂しかった。一体なにから話したらいいかしら……」

無邪気で屈託がなく、美しい母には、敵わないといつも思う。満面の笑みを浮かべたマーガレットは娘のマリオンから見ても実に魅力的だった。

一緒に家の中に入りながら、マリオンは外行きの帽子を脱ぎ、正面からマーガレットと向き合った。

「実は、わたしも話さなくちゃいけないことがたくさんあるの。それに、外の馬車に人を待たせていて……」

「わたしたちに借金がなくなったのよ、マリオン！　信じられる？」

マーガレットは少女のように興奮しきって、そう叫んだ。

「は？」

マリオンはぱちくりと瞳をまたたく。マリオンが《アフロディーテ》で受け取った現金はまだペティコートの隠しポケットの中に入っている。

これ以上ないほど弾んだ声でマーガレットは続けた。

「一週間ほど前よ。突然、真面目そうな眼鏡の紳士が現れてね、とある方のご厚意で、キャンベル家の借金をすべて返済してくださることになったと言うの！　最初はとても信じられなかったわ。でも次の日、債権者から本当に手紙が来たのよ。すべての負債はすでに返還されたって……」

真面目そうな、眼鏡の紳士……。

考えられるのはひとりだけだった。フロックウェル。……アレクサンダーの秘書。

「それどころか、その眼鏡の紳士は、当面の生活費だと言って五百ルビーもくださったのよ。信じられる？」

「お母さま……それは……」

「もちろん、その『ある方』が誰なのか聞いたわ。でも頑として答えてくださらなかったの。ただ、きっともうすぐわかるから心配しなくていいとだけ言い残してね、帰ってしまったのよ」

ああ……。

目頭が熱くなり、マリオンは目をつぶって手で顔を覆った。アレクサンダーはマリオンが思う以上に思慮深かった。一週間前といったら、フロックウェルが二度目に《アフロディーテ》の客室を訪ねて来た頃だ。アレクサンダーはあの時に指示を出したのだろうか？　もしかしたら、それ以前に手紙で指示を出していて、フロックウェルは事後報告に来ただけだったのかもしれない。

「お母さま、わたしも伝えなくちゃいけないことがあるの。きっとその親切な方と関係のあることよ……」

娘は母の手を取り、話しやすいように居間へ向かおうとした。その時、玄関が再び開き、背の高い影がすっと現れた。マリオンはわざわざ後ろを振り返らなくても、それが誰か感じられた。案の定、マーガレットは魅惑的な水色の瞳をこれでもかという大きさに見開いて、驚愕の表情でその影を作る人物を見つめている。

「邪魔をするよ、マリオン。ごきげんよう、ミセス・キャンベル。突然に訪問する無礼をお許し願いたい」

いつのまにかすっかり馴染んでいた彼の東方風アクセントが、住み慣れた生家の玄関口では妙に際立って聞こえる。マリオンは呆れてくるりと目を回した。待っていてと、頼んでいたのに。

影の主は優雅な動きでマリオンの真横に立った。

「母上に俺を紹介してくれるかい、マリオン？」

優しく腰の後ろに手を添えられると、彼にぴしゃりと抗議したかった気持ちは急速にしぼんでいった。

仕方ない。彼はアレクサンダー・アヴェンツェフなのだから。勇敢な実業家で、マリオンを救ってくれた英雄で、愛しくてたまらない恋人。

「お母さま……こちらはミスター・アレクサンダー・アヴェンツェフです。わたしたちは、その……」

「彼女の友人宅で出会いました」

まごついてしまったマリオンに助け舟を出す形で、アレクサンダーはさらりと嘘をついた。もともと馬車の中で口裏を合わせていたので、マリオンが言うつもりだったことだ。しかし彼は、母親に嘘をつくことに罪悪感を感じていたマリオンを救ってくれた。

「え、ええ、そうなの。それでわたしたち、親しくなって……その……」

「お付き合いをさせていただきたいと思っています。もちろん、ゆくゆくは結婚を考えております」

「アレクサンダー！　それについてはまだ……！」

「……まだ本人から承諾はもらっていませんが。ただ、俺はそれだけ真剣にお嬢さんとのことを考えていると、あなたには知っていただきたいのです。ミセス・キャンベル」

マーガレットは啞然とふたりを交互に見つめている。

アレクサンダーは自惚れ屋ではないが、きちんと自分の長所や魅力を理解していて、必要ならそれを最大限に発揮することをいとわない男だ。

彼は未来の義理の母に向かってにっこりと微笑んだ。

「お目にかかれて光栄です、ミセス・キャンベル。あなたのことはマリオンから少なくない話をうかがっていました」

「まぁ、それは嬉しいですわ、ミスター・アヴェンツェフ」

アレクサンダーは礼節に則ってマーガレットの手を取り、その甲に触れるか触れないか程度の軽い挨拶の口づけをした。マーガレットはまんざらでもないふうにそれを受け入れたが、すぐに表情を曇らせて憐れむような瞳でアレクサンダーを見上げた。

「でも……うちのマリオンにはほとんど持参金をつけてあげられませんの。つい最近、少し状況はよくなったものの、まだそこまでは……」

最初の婚約が貧窮した経済状況のせいで破談になった時、最も嘆いたのはマーガレットだった。ある意味、マリオン本人よりも気に病み、トラウマに感じているはずだった。

「それについてはご心配なさらず……。手はじめに一週間ほど前、いくらかお宅にご支援させていただいたのですが、それで十分でなければ、まだいくらでもお出ししますよ」

マーガレットはこぼれ落ちそうなほど目をまん丸に見開いて、最初にアレクサンダーを、次に説明を求めるようにマリオンを凝視した。

「まさか……あの眼鏡の紳士は……」

「俺の秘書です。彼が粗相をしていなければいいのですが」

「そんな、滅相《めっそう》もない……」

マリオンはだんだん心配になってきた。

母はこの話だけでも気を失ってしまいそうなのに、これからさらにアレクサンダーがベルモンド伯爵の罪を暴き、檻の向こうに追いやってくれたことを教えたら、心臓発作を起こしてしまいそうだ。

「世の男は妻となる女性に持参金を求める。実にくだらない風習です。俺はマリオンやあなたに、そういったものは一切求めません。なぜなら、マリオンこそが、なにものにも代え難い価値のある宝だからです」

アレクサンダーはここぞとばかりにたたみかける。多分、ビジネスの世界でも彼はこうなのだろう。

「彼女をいただけるなら、俺は一銭も求めません。それどころか全財産を投げ出しても構わない」

そして、アレクサンダーはマリオンに視線を移し、じっと彼女を見つめた。

その激情をはらんだ熱い視線が意味するところを、マリオンはすぐに感じ取った。アレクサンダーはマーガレットを説き伏せると同時に、マリオンを口説いてもいるのだ。

——本当に、どうしようもない人ね。

この人との結婚生活は波乱万丈になるかもしれない。平凡ではないかもしれないが、毎日が驚きと情熱に溢れたものになるのではないだろうか。

「そこまで言っていただけるなら、交際に反対することはできませんわ、ミスター・アヴェンツェフ」

マーガレットは肩をすくめながら答えた。

喜びと寂しさの交じった母の顔に、マリオンはちくりと胸が痛むのを感じる。マリオンがまだアレクサンダーのプロポーズに返事をしていないのは、娘が結婚してしまったらひとりきりになってしまう母を憂慮してのことだった。

しかし、これについてもアレクサンダーは一枚上手だった。マーガレットに向き直り、ゆっくりとした口調で提案する。

「もし結婚を承諾してもらえたあかつきには、あなたにも我が家に来ていただけたらと思っています。敷地内には別宅がありますから、そこを自由に使ってください。住み慣れたこの邸宅の方がいいなら、専用の馬車と御者を用意して、いつでもマリオンに会えるようにいたします」

「まぁ！」

マーガレットは素っ頓狂な声を上げた。

マリオンもあんぐりと口を開いて、アレクサンダーの横顔を見つめた。彼は真剣だった。

「アレクサンダー……」

「なんだい、マリオン？」

「そんなにしてもらうなんて、悪いわ……。確かにあなたは実業家だけど……」

正直なところ、マリオンはまだアレクサンダーの自宅を見ていないし、実際どれだけの資産が彼にあるのか、聞いたこともない。しかし彼は、マリオンとの三週間に五千ルビーを出し、キャンベル家の借金の返済をして、さらに五百ルビーの生活費をくれたあとだ。

どれだけ残っているものか……。

彼と一緒なら清貧の生活もいとわないが、マリオンたちのために無理をして欲しくはなかった。マリオンが心配そうな目を向けると、アレクサンダーは穏やかに、しかしどこか楽しげに微笑んだ。

「君を我が家に招待するのを楽しみにしているよ、マリオン。慎ましい家だが、綺麗なところだから」

彼は弾んだ声でそう言った。


アレクサンダーはその日キャンベル邸に泊まり——もちろん部屋は別々だ——次の日、ふたりはアヴェンツェフ邸に赴くことになった。

ふたりはマーガレットも誘ったが、彼女は若いふたりの邪魔はしたくないし、後日、きちんと準備を整えてからうかがいたいと言って同行しなかった。それは事実上、娘とアレクサンダーの仲が深まることを容認したようなものでもある。

嬉しいような、恥ずかしいような……。もし母が、アレクサンダーと本当に出会った場所は高級娼館《アフロディーテ》で、客と《ミューズ》としてだったと知ったら、どうなるだろうと不安になるような……複雑な気持ちだった。

しかし、アレクサンダーがどんな家に住んでいるのか、興味はあった。

マリオンは、少し無骨な感じの古い荘館を、小綺麗に改装しているようなものを予想していた。

本人にそれを伝えると「まぁ、古い家を改装したという部分は当たっているよ」とだけ答えてくれたが、それ以上は見てのお楽しみだと言って教えてくれなかった。だから、ふたりの乗った馬車がとある大通りに面した重厚な鉄の門の前でぴたりと止まると、マリオンは車輪の具合が悪くなったか、馬の前を誰かが横切ったかしたのだと思った。

「え……？」

しかし、数秒と待たないうちに門番が現れ、幅の広い門扉をうやうやしく開いた。馬車が中に進むと、門番はまた門を閉ざして言った。

「お帰りなさいませ、アレクサンダーさま」

アレクサンダーは馬車の窓越しに門番に向かって顎をしゃくって見せた。その振る舞いはまるで一城の主だ。

「あの……アレクサンダー……」

「しっ、もうすぐ着くよ。そろそろ見えてくるはずだ」

敷地の中に入ると、さらに細長い道が弧を描きながら延々と続いていた。周囲には念入りに手入れされた芝生と草木が広がり、季節の花が優雅に咲き誇っている。馬車はほとんど揺れもせずにゆっくりと進んだ。

やがて見えてきたのは……白亜の……三階立ての見事な城だった。

戸惑いに口を開いたままアレクサンダーの顔を見ると、彼はほがらかに微笑んでみせる。

「もっと大きいものがいいと言うなら、君のために新しい城を買ってあげてもいいんだよ」

「アレクサンダー……！　あ、あ、あなたは、慎ましい家だって……！」

「『城』としては慎ましい規模じゃないかな。普通の邸宅としては、まぁ、大きいかもしれないが」

馬車はようやく正面玄関前の石階段の下に停まった。

どこからともなく魔法のように従僕が現れて、降車のための踏段を素早く置き、マリオンたちが降り立つのを手伝ってくれる。

「ようこそ、アヴェンツェフ邸へ」

玄関の中に招き入れられるとマリオンは、これは夢ではなく現実なのだと自分に言い聞かせなければならなかった。玄関広間はそれだけでキャンベル邸の半分がすっぽり入ってしまいそうな広さで、二階部分までの高い吹き抜けになっていて、磨き込まれた壮大なシャンデリアが目のくらむような輝きを放っている。

正面から見て左右には大理石の階段が楕円形状に上階へ繋がっていて、自分がそこを日常的に上り下りする姿を想像するだけで、目がくらくらしてしまいそうだ。

久しぶりのアレクサンダーの帰宅……いや、帰城に、十人を超える使用人が総出で次々に挨拶をはじめた。もちろんその全員が興味津々の目でマリオンを見つめ、アレクサンダーが彼女を紹介するのを心待ちにしている。

「こちらはミス・マリオン・キャンベル……俺の大切な客人だ。彼女ができる限り心地よく過ごせるようにしてくれ」

ついにアレクサンダーがそう告げてマリオンの腰を抱き寄せると、使用人勢はすべてを察してうやうやしく頭を下げた。

「皆さん、そんなにかしこまらないでください。どうしましょう、わたし、こんな場所だとは思わなくて心の準備が……」

マリオンがおたおたしていると、最も年配と思える女中が一歩前に出た。

「ああ、アレクサンダーさまはようやく、このだだっ広い屋敷に奥さまや小さな子供たちを与えてくださる気になったのですね！　嬉しいですわ！　ようこそアヴェンツェフ邸へ。わたしは女中頭のノーラと申します」

「こちらこそ、はじめまして、ノーラ……」

「それについては気が早すぎるよ、ノーラ。ミス・キャンベルが本当に俺と結婚しても悪くないと思ってくれるよう、しっかりおもてなしをしてくれるね」

アレクサンダーの口調には女中をいさめるような響きがあったが、彼の表情は落ち着いていて明るい。ノーラもアレクサンダー一流のユーモアをよく理解しているようで、機嫌よく顔をほころばせている。

ノーラはうなずいた。

「もちろんですよ、アレクサンダーさま。あなたがはじめてご自宅まで連れて帰ってきてくださった淑女ですからね。お姫さまやお妃さまのようにお迎えいたしますよ」

…………。

マリオンに宛てがった部屋は西向きに大きな窓が取られていて、女性らしいレースのカーテンが外からの光を浴びて揺らめいていた。

急遽用意させたにもかかわらず、使用人たちはいい仕事をしてくれた。象嵌《ぞうがん》細工を施されたライティングデスクの上にはガラスの一輪挿しが置かれ、スミレの花が生けられている。シーツは清潔で石鹸の香りをただよわせていた。

小花をあしらった壁紙は繊細で、マリオンが一歩この部屋に足を踏み入れた瞬間から、まるで昔から彼女がこの部屋を使っていたかのようにしっくりときた。

マリオンは部屋の中央まで無言で進むと、入り口の扉の木枠に体重をもたれさせたアレクサンダーをゆっくりと振り返った。

「……まだ決めかねているの。あなたをひっぱたくべきか、それとも口づけの雨を降らせるべきか」

アレクサンダーは自信たっぷりに口の端を上げた。

「気に入ってくれたと思っていいのかな？」

「でも、なにも教えてくれないいなんてひどいわ！　わ、わたしは、あなたがお母さまの面倒を見てくださる話をした時に、あなたの懐具合を心配したんです。それが……」

「ではこれで、君の杞憂はまたひとつ消えたわけだ。ご覧のように、俺は君の母上に援助をしてもまだありあまるだけの財産があるし、なんならもっと大きい屋敷を買い足したって構わない」

「このお屋敷……いえ、このお城には……何部屋あるの？」

マリオンは慎重にささやいた。アレクサンダーは少し考えるふりをした。

「九十八室だったと思うよ」

「もうっ、ベルモンド伯爵があなたに嫉妬していた理由が、ようやくわかった気がします」

「だろうね。この城の他にも、田舎にひとつ古い中世屋敷を改装した荘館のある敷地を持っているんだ。それがベルモンド伯爵の領地のすぐ近くでね」

「他に、わたしが知っておくべきことはありますか？」

マリオンががっくりと肩を落として聞いてきた。

アレクサンダーは愛しさに胸が満たされていくのをはっきりと感じた。可愛いマリオン。しかし可愛いだけでなく、賢くてほんの少し気が強いところがあって、実際的に物事を考えられる女性……。まさにアレクサンダーがかつて夢に見ていた通りの……。

アレクサンダーは部屋の中に足を踏み入れ、じりじりと彼女を寝台に追いつめた。マリオンは彼を見上げながら後退し、足が寝台の縁に届いてそれ以上動けなくなると、不安げに瞳を揺らした。

「普通の女性なら、この屋敷を見ればなにをおいてもイエスの返事をくれると思うが」

アレクサンダーはすでにマリオンにプロポーズしていた。

縛りなしで彼女を二度抱いたあのあと、すぐに。

「君は母親がひとりになってしまうことを心配していた。それについては解決したと思っていいだろう？」

「ええ……でも……」

「俺はもう縛らなくても君を抱ける。時々、情熱がすぎて激しい抱き方になってしまうかもしれないが、君を傷つけることはしないと約束する」

「違うの……そうじゃなくて……」

アレクサンダーの自惚れでないなら、彼を見つめるマリオンの瞳には深い愛情が宿っている。それが幻想だとは思いたくなかった。

いや、たとえマリオンからの愛がなくても、アレクサンダーは彼女を求めている。彼女以外は考えられなかった。

「『そうじゃなくて』……なんだい、マリオン。君の望みなら、すべて叶えてあげたい」

アレクサンダーは上半身を屈め、マリオンの唇に迫った。

彼女はうっすらと唇を開き、口づけを受け入れた。吐息が絡まると、その接吻はさらに深く激しくなっていく。アレクサンダーの下半身のものは、すでに相当の硬さになってきていた。

「あなたは……こんな大きなお屋敷を持った実業家で……」

そっとアレクサンダーのほおに指で触れながら、マリオンは切なくつぶやく。

「わたしは、一度《アフロディーテ》で体を売ろうとした女です。いつか醜聞になるかもしれない……」

「マリオン」

「そんな女を、本当に妻にしたいと思ってくださいますか？　それでいいの？　あなたがわたしのせいで後悔したり傷ついたりするのは、嫌なの……」

「くだらないことだ、マリオン。俺が醜聞を気にするような男だと思っているなら、君はまだ俺のことをよくわかっていない」

「でも……」

「口で言ってわからないなら、その体に刻んであげよう。この想いを。この決意を。君がどれだけ愛しいかを」

アレクサンダーはマリオンの背に手を当て、ゆっくりと彼女の体をシーツの上に倒した。ほんの少しの戸惑いを見せたものの、マリオンはそれを受け入れる。

「ん……ぁ……」

ふたりは互いの肌を布越しにまさぐり合い、数度の接吻を繰り返しながら、欲望の波に溺れていった。

一糸まとわぬ姿で慕情のままに愛を交わし、互いに絶頂を味わったあと、ふたりは寝台の上で抱き合って寝そべった。まだ日は高く、マリオンの色白の肌を窓越しの太陽の光が明るく照らす。

アレクサンダーは彼女の上半身のあちこちを人差し指の先でそっとなぞった。

「俺と結婚してくれるかい、マリオン・キャンベル」

マリオンは涙ぐみながら微笑んで、こくりとうなずいた。

「ええ……アレクサンダー・アヴェンツェフ。後悔しても、知らないんだから」

「後悔ならすでにしている。もっと早く君に出会えなかったことに」

「ふふ」

「ありがとう、マリオン」

アレクサンダーが礼を言うと、マリオンはその理由がわからないというように大きな瞳をしばたたいた。

「俺の中の悪魔を受け入れてくれたこと……。それを、消し去ってくれたことに」

マリオンはしばらく、その言葉の意味を味わうように静かにアレクサンダーの瞳を見つめていた。やがて静かにささやく。

「あなたもわたしを救ってくれたわ。たくさんの意味で」

「そうかな」

心から満たされた気持ちになり、アレクサンダーは未来の妻の髪を愛しげに撫でた。

「でも……あの、よ、欲望は、完全に消えてしまったの？」

「ん？」

唐突に問われて、アレクサンダーは眉を上げた。なぜかマリオンは顔を真っ赤にしながら、震える声で続けた。

「その……縛ることは……もう、まったくしたくなくなってしまったの？」

「……まるで残念に思っているみたいな口調だな」

「そ、そうではないけど……でも……」

マリオンは少女のように照れながら、もじもじと体をよじった。その奥ゆかしく可愛らしい動きに、アレクサンダーの情欲が再び熱く燃えはじめる。

「まったくしたくないということは、ないよ……。君には嘘をつきたくないから言うが、あちこちを縛られて身動きを取れなくなった淫らな姿の君を、めちゃくちゃに抱いてしまいたい欲望はある。ただ、そういうやり方以外でも君を愛する方法を学んだだけだ」

「じゃあ……」

なぜか水色の瞳が明るくきらめく。

今度はアレクサンダーが驚きに目をしばたたく番だった。この娘は、いつもいつも、その素晴らしさでアレクサンダーを驚かせる。

「時々は……そういうふうに抱いてください。完全にやめてしまう必要はないの。縛られずに抱かれるのは自由で素敵よ。でも、縛られることも……嫌ではないの。あなたに求められていることを感じることができて……まるであなたの愛に囲われているようで……あれはあれで、好きよ。だから、我慢はしないで」

「マリオン……」

「わ、わたし、いやらしいかしら？」

ほおを染めて上目遣いでアレクサンダーを見上げるマリオン。アレクサンダーの胸は愛しさで張り裂けそうだった。

「いいや。もしそうだとしても、俺はいやらしい君が大好きだからね、問題はないよ」

アレクサンダーは答えた。

その夜、ふたりは再び体を重ねた。

「君を愛させてくれ、心から」

薄闇の中に浮かぶのは、マントルピースの上に置かれた二本のロウソクの炎だけ。男女の荒い呼吸と、長椅子が軋む音がその部屋に響いた。

薄い緑色のベルベットが張られた上品な長椅子からは、絡み合うふたりの影が床に差し、彼らの動きに合わせて揺らめいた。

「ふぁ……ん、あぁ……っ、ヒ、」

シーツに奔放に広がる赤みがかった金髪と、縄できつく縛られて身動きを取れなくなったマリオンの姿態の対比は官能的だった。

アレクサンダーは彼女の肌を、肉を、五感を、全方向から愛撫した。胸を絞り出すように周りを結び、両手は背後に、両足はM字に似た形に拘束されて、マリオンはアレクサンダーの愛しい囚人となっていた。

ぴちゃりと胸の頂を舐めると、マリオンの体は小刻みにひくつく。

股の間に隠れた花弁を指で攻めれば、マリオンは首を仰け反らせて甘い声を漏らし、膣から愛液を溢れさせる。

「ひぁ……ん……っ、もぅ……だめ……ア、これ、いじょ、う……」

「いくらでもイってていいんだ、マリオン……我慢することはないよ。快楽を拒む必要はないんだ……俺たちふたりの間なら」

「ん……あぁ！」

縛られていなければ、マリオンは羞恥にぴたりと太ももを閉めようとしただろう。しかし、アレクサンダーの施した緊縛がそれを許さなかった。すべての動き、すべての刺激が、貪欲にマリオンを翻弄させる。

アレクサンダーは極限まで彼女を追いつめ、快楽を解放し、そしてまたさらに激しく追いつめ……という攻めを繰り返した。

やがてアレクサンダーはマリオンの細い腰を持ち上げ、己の欲望の剣を彼女の中に根元まで埋める。この瞬間のために生きてきたのだと思えるほどの快感が、頭のてっぺんから足の先までを駆け巡る。ふたりは重なりながら互いに溺れた。

深く、深く。

アレクサンダーは何度も腰を沈めてマリオンが欲しているものを与えた。彼女が達し、隘路《あいろ》がきつく締まると、アレクサンダーは鋭い突きを繰り返して自らの快楽を極限までむさぼる。

彼女の中に精が放たれる。

ふたりの魂がひとつになり、混じり合うのを感じた。

「くそ……君は素晴らしい。よすぎて、気が変になってしまいそうだ」

アレクサンダーはかすれた声でうなった。そして彼女の体をきつく抱きしめた。

しばらくは、お互い息をするのもやっとな状態で、ただ重なり合う。

静かに、時がいくらか体力を回復してくれるのを待った。

そしてなんとか動けるようになると、アレクサンダーはゆっくりとマリオンの体に施した緊縛の縄を解いていく。

細心の注意を払って気をつけているつもりでも、濃い桃色に色づく束縛の痕はいつも肌に残った。

アレクサンダーはいつも、罪悪感と愛しさと、支配欲の交ざった複雑な気持ちでそれを見つめる。

そしてその痕を癒やすように、線を描きながら穏やかに、拘束の痕に唇を這わせる。

最後に必ず、マリオンを癒やし、守るように、ぎゅっと彼女の体を抱きしめるのも忘れなかった。

それは儀式に似ていた。

アレクサンダーはマリオンを奪い、捕らえる。マリオンはそれを許し、彼の情念を受け入れる。

そしてアレクサンダーは最後に、そんなマリオンの健気さと献身に感謝し、奪った以上のものを彼女に与える。

　こんなことが可能だとは思わなかった。

　こんな愛に出会えるとは思わなかった。

　二度目は、すっかり熱くなって火照ったマリオンの体を自由にしてからの行為だった。たくましい裸体を晒したアレクサンダーは、同じく一糸まとわぬ姿のマリオンに、愛を施していた。

　なんの拘束もなく。

　互いに、自由に……。

　こうしてマリオンを縛りなしで抱けるようになって解放されたのは、マリオンだけでなく、自分もであると、アレクサンダーは最近知った。

　背もたれを背にして長椅子に深く座ったアレクサンダーの太ももの上に、マリオンが乗せられて、ふたりは向き合っていた。

　ふたりの男女はまだ結合していなかったが、太く硬くとがったアレクサンダーのものは、マリオンの入り口をかすり甘美な刺激を与え続けている。

　アレクサンダーは両手でしっかりとマリオンの腰を押さえながら、乳房の先端を口に咥える。すでにすっかり硬く充血している蕾を、舌を使って丹念に転がす。

「ン……ぁ……」

切なく漏れるマリオンの声にあおられ、アレクサンダーは彼女の下腹部をさらに自分に近づけた。

すると当然、乳房への愛撫がより深く、強くなる。

マリオンはアレクサンダーの首に手を回しながら背筋を反らして、悶絶した。アレクサンダーは片腕を腰から離し、口に含んでいるのとは逆の乳房を手のひらに収める。

そして、形が変わるほど激しく揉み込んだ。

「も、もう……アレク……ァ！」

彼女の体がひくついて小さく跳ねるたび、アレクサンダーの男性部分にも刺激が走る。

渇望はすでに御しきれないほどになり、解放の時を求めて先端が濡れはじめていた。

「挿《い》れるよ、マリオン……。俺に掴まっているんだ」

「あ……ん……」

マリオンはしっかりとアレクサンダーに掴まり、均衡を取りながら彼のものを秘所に迎え入れた。こんなふうに互いに与え合い、受け入れ合えるのは、縛りという制約から解き放たれたからこそだった。

アレクサンダーは激しく突き上げながら、祖国の言葉でマリオンへの愛をささやいた。

すぐに膣がぎゅっと締まり、我慢が難しくなる。

その夜、二度目の絶頂は、それからまもなく訪れた。


シーツの波間に身を横たえ、心地よい気だるさが眠気に取って代わるのを待ちながら、アレクサンダーは彼の腕枕でまどろむマリオンの髪を指でもてあそんだ。

それがくすぐったかったのか、マリオンは鈴を転がすような軽やかな声で笑う。

「どうしたんだ、マリオン？」

アレクサンダーが尋ねると、マリオンは彼の顔をじっと見上げながらささやいた。

「こうしてくつろいでいる時のあなたって、まるで東方の国の皇帝のようだわって思ったの。傲慢そうで、満足しきっているのに、繊細で……」

「それはどうも、未来のアヴェンツェフ夫人」

まさに皇帝そのものの昂然《こうぜん》さで、アレクサンダーは答えた。

そして今日彼女に、他に知っておくべきことがあるかと聞かれたのを思い出し、つけ加えた。

「……嘘か本当かはわからないが、俺の父は皇帝の遠縁だったという話だ。先々代皇帝の妾腹《しょうふく》の系図らしいがね。だから、まったく縁がないわけではないのかもしれないよ」

マリオンは大きく目を見開き、口をぱくぱくさせたあと、たまらなくなったように笑い出した。

「そんなことまで黙ってるだなんて、どうしようもない人ね！　あなたとの結婚生活は、驚きでいっぱいになりそう」

「多分ね。でもそれだけじゃない。愛と、子供たちでいっぱいにもなるよう、努力させてもらうよ。どうだい？」

ふたりはお互いに向かって微笑み合い、就寝前の最後の口づけをして、ゆっくりと目を閉じて眠りに落ちていった。

アレクサンダー・アヴェンツェフは思った。彼は生まれ故郷から遠く離れている。しかし彼の心は、ついに帰るべき場所へ帰ってきたのだと。

あとがき

時代物の中でも、近代と近世の間くらいの、産業革命期あたりの雰囲気がとても好きです。古き良き時代の、馬車が石畳の上をガタゴトとゆっくり進む音のかたわら、蒸気機関車がもうもうと煙を上げて鉄道の上を走り抜けていくような、曖昧な時代。

新と旧。

どちらでもない。でも、どちらでもある。

今作『緊縛の檻』は、そのあたりの時代を意識して書かせていただきました。そしてこの時代独特の、新しいものと古いものの対立、融合、ノスタルジー……そんな空気を少しでも表現できたらいいなと思いながら物語を紡ぎました。

そんなわけで今作のヒーロー・アレクサンダーは、そんな時代背景を象徴するような、ちょっととらえどころのない、ミステリアスな男性になったのではないかと思います。

彼は完全な善人ヒーローではありません。かといって悪人というわけでもなく、その両面を兼ね添えていて、万華鏡のように角度によって見え方が違ってくる。頭の切れる実業家であり、新興成金でありながら、実は……な過去を抱えている。

強くもあり、弱くもあり。紳士でありながら、時には野獣にもなる……。

そうそう、架空の国ではありますが、彼の生まれ故郷のモデルはもちろんロシアで、この国もまたとらえどころのない魅力に溢れていると思います。ヨーロッパの一部なのかと聞かれれば、百パーセントそうだとは言いづらい。かといって完全にアジアではない。

どちらでもないのに、どちらでもある……そんな曖昧さ。

そんな神秘的な彼には、古典的な良家育ちのしっかり者・マリオンが自然とお相手に浮かびました。

彼女もまた、裕福なお嬢さま育ちでありながら、現在立たされている苦境に果敢に立ち向かおうとする、「古いものと、新しいものの狭間」を象徴するヒロインかもしれません。

それらのテーマを上手く書き切れたかどうかは、読者さまのご判断に委ねることしかできませんが、作者自身としては本当に面白く、楽しく書かせていただいた物語でした。

そして、この作品のもうひとつのテーマ、「縛り」について。

現代日本で、芸術に近いレベルにまで昇華されている、いわゆる「緊縛」ほどの深さはないのですが、この作品もそれに近いものを扱っているつもりです。

愛する男性に、縛られる。

それが肉体的なものであっても、精神的なものであっても。

本来なら、嫌悪感を持つことの方が多い行為ではないかと思います。縛られる。動けないようにされる……などなど。

でもそれが、愛する人が相手なら、受け入れられる。むしろ喜びを感じてしまう……そんな世界に、とてもエロチックなものを感じたのです。

そこに、相手に対する信頼さえも垣間見えて、ロマンチックでさえあるなぁ、と。

これもまた、作品の中で書き切れたかどうか……自信はないのですが、ふたりが愛を交わす場面はどれも、この不思議にしてロマンチックな関係性を思いながら書きました。

縛るもの。縛られるもの。

果たして、本当に囚われているのはどちらでしょう？

もちろん、そこまで深く考えなくても、単純にとてもエロチックですよね！　そんなわけで、この作品は、情事場面もとても楽しんで書くことができました。

願わくは、あなたも、わたしがこの物語を書くのを楽しんだのと同じくらい、この本を楽しんで読んでいただけますように。

最後となりましたが、この本を出版するにあたりご協力くださったすべての方に、深い感謝を。どの方のご協力が抜けても、このような形にはなりませんでした。

プロット段階から根気よくお付き合いくださいました、担当さま。

わたしのような新人作家を起用してくださいました、出版社およびレーベル関係者の皆さま。

いつも温かい応援をくださる読者さま。

たくさんの励まし、助言をくださる執筆仲間の皆さま。

素敵なイラストでこの物語に鮮やかな色彩を添えてくださいました、イラストレーターの幸村《ゆきむら》先生。

デザイナーさま。校正さま。書店関係者さま。

数え上げたらきりがありません。本当に、感謝、感謝の毎日です。もちろん、いつもわたしを支えてくれる家族にも、こっそりと感謝の意をここに記したいと思います。

実は、このあとがきを書いている現在、わたしの中にはもうすぐ生まれてくる小さな命があります。もうすぐです。

きっと、この本が読者さまのもとに届く頃にはすでに生まれて、その泣き声や笑い声で、この世界をもっと賑やかで明るいものにしてくれていることでしょう。

新しいもの。未来。

書きたいもの、紡ぎたい物語、動かしたいキャラクター……。まだまだたくさんあります。どうか、これからもよろしくお願いいたします。

泉野《いずみの》ジュール

この本を読んでのご意見・ご感想をお待ちしております。

◆ あて先 ◆

〒101-0051
東京都千代田区神田神保町2-4-7 久月神田ビル
㈱イースト・プレス　ソーニャ文庫編集部
泉野ジュール先生／幸村佳苗先生

緊縛《きんばく》の檻《おり》

2018年10月7日　第1刷発行

著　者　泉野《いずみの》ジュール
イラスト　幸村佳苗《ゆきむらかなえ》
装　丁　imagejack.inc
編集協力　小野純子
DTP　松井和彌
編集・発行人　安本千恵子
発行所　株式会社イースト・プレス
〒101-0051
東京都千代田区神田神保町2-4-7 久月神田ビル
TEL 03-5213-4700　FAX 03-5213-4701
印刷所　中央精版印刷株式会社

ISBN 978-4-7816-9634-8
定価はカバーに表示してあります。

Sonya ソーニャ文庫の本

『裏切りの騎士は愛を乞う』 春日部こみと

イラスト 岩崎陽子

Sonya ソーニャ文庫の本

『お義兄さまの愛玩』 桜井さくや

イラスト さんば

Sonya ソーニャ文庫の本

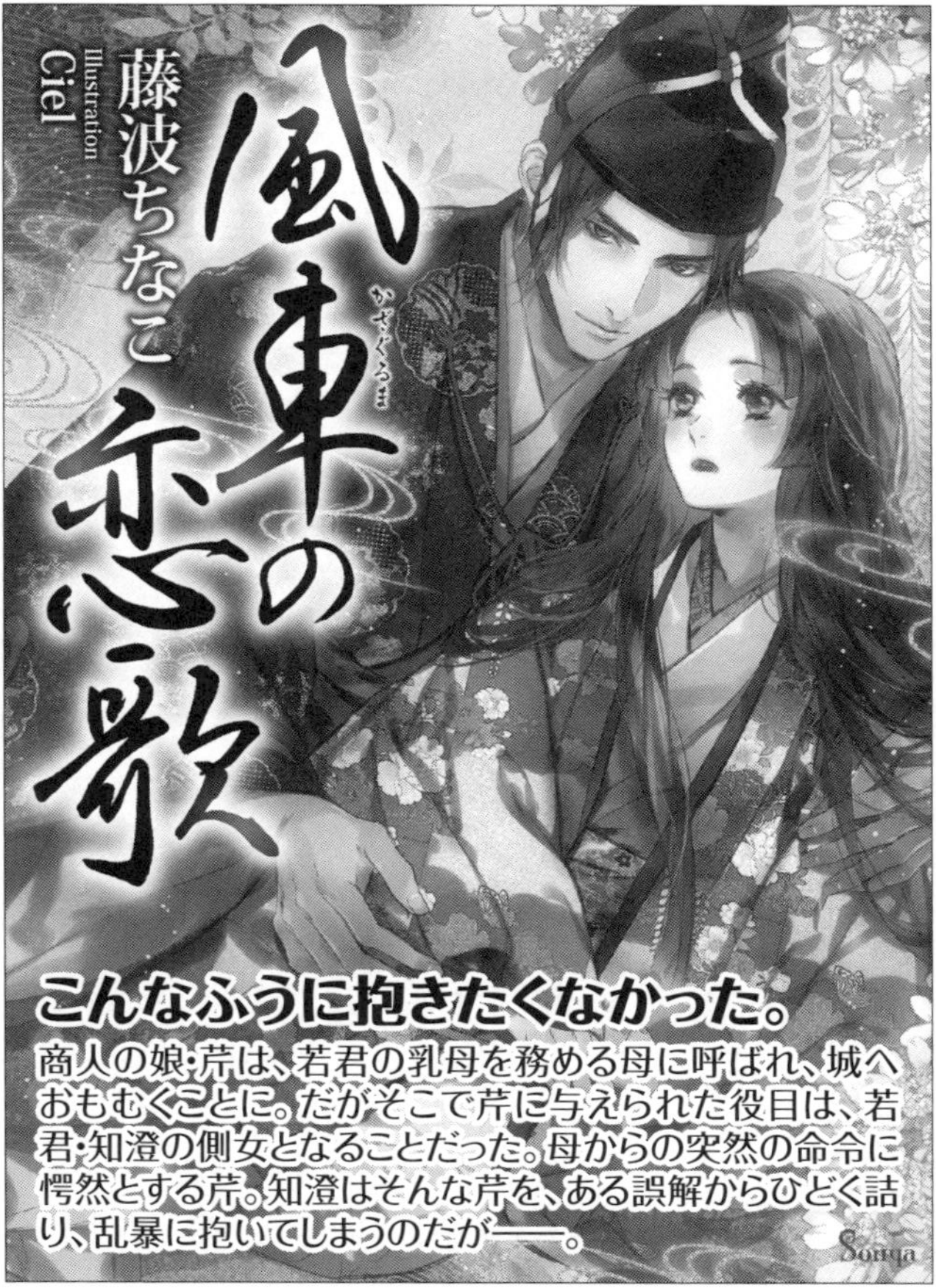

『風車の恋歌』 藤波ちなこ

イラスト Ciel

Sonya ソーニャ文庫の本

『魔術師と鳥籠の花嫁』　富樫聖夜

イラスト　藤浪まり

Sonya ソーニャ文庫の本

君がいないと生きていけない。

ルーツィエが目を覚ますと、美貌の男がそばにいた。記憶を失っていた彼女に、彼——フランツは「君はぼくの妻だ」と切なげに微笑む。やがて、彼がこの国の王子で、自分にとって大切な存在であることを思い出した彼女は、彼を受け入れ、情熱的な一夜を過ごすのだが……。

『氷の王子の眠り姫』 荷鴣

イラスト ウエハラ蜂